U0020524

婚禮之途

To the Wedding

約翰・伯格（John Berger）——著
吳莉君——譯

目次

推薦序

花朵與死亡的推論

作家 鄧小樺

約翰．伯格的小說《婚禮之途》原版出版於一九九五年，那年他已經六十八歲。子曰「七十而從心所欲，不逾矩」，這種暮年的自由，伯格的小說看來境界相近。那時伯格大概並不知道，距離他九十歲離世，大概還有二十二年的時光；不吝是充滿災難的時光。

伯格只是按著他的生命的領悟去寫。暮年的時光，張望著生命的盡頭，死亡迫近，而他仍然感受著世界的美好，生命的躍動，文學與藝術的滋養包圍著他，他想在死亡中傳遞希望。這就是《婚禮之途》此書美好的力量所在。

《婚禮之途》其實是「喪禮之途」。二十四歲美麗而備受寵愛的女孩妮儂，卻得了愛滋病；但癡心一片愛著她的男子吉諾，堅決要與她成婚。愛著妮儂的父母，與大量親友聚合，成就一場美麗的婚禮。婚禮慶樂生命，喪禮哀悼生命，生死與悲喜在同一個場合中激迸對比——而婚禮與喪禮，都同樣會有著大量的花朵。花朵畢竟美麗悅人，其在典禮中短暫的裝飾展現了生命的揮霍性綻放，令人轉往著重其美而減少悲慟。這大概便是《婚禮之途》的質感（texture），也是妮儂的角色設定隱喻。

《婚禮之途》的沉重性較易言說與理解。當小說接近去到一半，妮儂發現自己得了愛滋病，死亡變成命定而十分接近，瞬間的沉痛打擊，死亡展現為「剝奪」的暴力。「我必須獻出一切，和世界一般古老、上帝賜予的、止痛的乳香，味蕾的蜂蜜，永恆的承諾，絲滑的歡迎，噢，歡迎，歡迎，雙膝張開，足趾伸展——我所擁有的一切，全都被奪走了。」是的，弔詭地，要形容失去與被剝奪的痛苦，往往先要形容原來所擁有之物的美好。這世界，我們所依戀的事物。你看伯格選擇的都是有著古老印記、趨近永恆的詩意意象。

伯格亦書寫了人們對於愛滋病的恐懼與排斥。在全書散文化與詩化的敘述中，那一幕顯得格外的戲劇化與暴力：妮儂被街上蹓狗男子搭訕而且想要占她便宜，她在掙扎與憤怒中叫出自己有愛滋病，男子恐慌並對她施以暴力，還對路人大叫她有愛滋病，路人夫婦幾乎要攻擊她，像她就是蕩婦、罪人、不潔、危險有害之物，必須急速排斥區隔。同時伯格也寫了醫院中的冷暴力，無情的醫療程序與手段、醫護人員充滿歧視的眼光、制度化了的冷暴力。外在的暴力與內在的被剝奪感，雙向侵蝕著病者。

伯格對於死亡的思考層層展開，本書乃是一組充滿感性與觸感的推論。妮儂的病被形容為「被生命慢慢放棄掉的一種差事。它是生命承擔的工作，目標是要讓你倒下去，一個部分接著另一部分倒下去。」面對死亡清晰的終局，我們轉向神禱告，祈求恩慈：扭轉死亡的剝奪之力，是要「把沒有變成所有」。

伯格是馬克思主義者，他巧妙地寫出一種宗教的游移：神像冷靜並不回應禱告；而人的思考則以神的不回應為起點：「神無能為力。他的無能為力是出於愛。如果他有權有勢，他就無法如此愛人。親愛的神在我們的無能為力中與我們站在一起。」這是一種無產階級角度的神學之愛。伯格並讓悲苦的人們在森林中，遇到一個若有所示的大十字架——它用料並不高貴，但因為偶逢而接近神諭。神可能是假的，但對於神的祈求是真的；宗教的故事可能是假的，但傳達的愛可能是真的，關鍵是人的心在其中發揮的證成與實踐作用。

那就是，生命的意義。書中有一個比喻既簡單也貼切得不能再貼切：一旦選中你要去的地方的一個路標，這條路上所有的東西都會引導你，引導你所到的每一個地方，都因為你在路標上讀到的那個名字而被賦予某種意義，伯格指示那應該是某個人，能夠為你所發現到的所有東西賦予意義。他實在是個十分具體的人文主義者。

在書裡我特別注意到妮儂的母親姿丹娜，一個共產主義者，常以「公民」來稱呼人。她離開丈夫多年，在前往女兒婚禮之途上，向陌生男子（是科學家還是百科全書編者？）敞露心事，也談到「共產主義快死了」——伯格黑色幽默地寫，要有個東西快死了，它首先得是活的，這跟共產主義的情形不同。姿丹娜的絕望是雙重的，她的女兒與她的理想都面對死亡。他們之間的漫談沒有終結的藥方，但茨維塔耶娃的詩似乎解說了一切：

「……而怎樣的一座黑山
遮擋住世上的光。
是時候了——是時候了——是時候了
該把上帝的車票還給他。」

這詩談的也還是死亡。馬克思主義者是不放棄希望的，姿丹娜說「我們總是忍不住會想像，希望能少一點痛苦，少一點不公不義。」而伯格在這裡談的是，「必須沒有希望地活著」。在多年之後，另一位馬克思主義者，伊格頓（**Terry Eagleton**）有了一本書，名字叫《*Hope Without Optimism*》。

如果如書中所說，痛把病人切離、孤立、癱瘓。它也會產生徹底失敗沒救的感覺。那伯格的解救之法，就是讓人們可以重新建立連結與交通，並以生命的綻放去超越失敗，自為拯救。甚至，將死亡想像為一個更大的共同體：「在一個比宇宙更大的空間，那空間是由閉上眼睛的我們所有人組成的，所有現在活著的人，所有曾經活過的人，所有未來將活的人，在最黑暗的洞裡，這些人充塞了一個比宇宙更大的空間，而基督在那裡死去並拯救。」

再略談花朵即本書能夠讓人覺得生命美好之處。伯格的筆觸詩意，希臘的地中海風情，種種美意，不少是通過盲樂師的敘事角度傳達，大多描寫聲音、觸感、味道，令小說質感豐富優美，彷彿將人重重包裹，人的靈魂可以在美之中得到療癒和修復。這種美好是不待分析的，必須在小說的閱讀世界中來回細味。伯格本是畫家和藝評家，但他借盲樂師之口說出「景象無時不在。所以眼睛會厭倦。」這不吝前瞻了我們這個景觀社會與手機時代的警惕。

伯格是古老的，「在俗世這裡，人們追求美，因為美依稀能讓他們回想起善。這是追求美學的唯一理由。美讓我們回想起已經消失的一些事物。」回想起他的文字歷年來曾給予過我的安慰，我會想要消失在有伯格存在的世界裡。

婚禮之途

多美妙的一撮白雪
含在頂受酷暑者之口
多美妙的陣陣春風
揚起渴航水手的帆
甚至更加美妙的一床被褥
覆蓋兩名愛人之軀

◆

我喜歡適時引用古詩詞，幾乎過耳不忘，而我整天都在聆聽，不過有些時候，我不知道該怎樣把每件事情兜在一起。碰到這種情況，我就得仰仗一些聽似有理的嘉言諺語。

雅典的普拉卡城周圍那塊地區，一百年前左右還是一片沼澤，今天成了市集舉行的地方，在那裡，我被叫作「Tsobanakos」，牧羊人的意思，也是來自山裡的男人。我這個名字的由來是一首歌。

每天早上去市集之前，我都會把黑皮鞋擦得晶亮，把帽子上的灰塵撣乾淨，那是一頂斯泰森牛仔帽。城裡有很多灰塵和污染，出太陽時情況更糟。我也繫了領帶。我最喜歡閃亮亮的藍白花那條。盲人千萬不能忽視外表。如果你不注重打扮，就會有人幫你妄下錯誤的結論。我打扮得像個珠寶商人，在市集裡賣的東西是「祈願牌」（tamata）。

祈願牌還滿適合盲人販售，因為可以用觸覺分辨它們的差別。有些是用錫做的，有些是銀，也有些是金的。所有的祈願牌都跟麻布一樣薄，每張和信用卡差不多大小。希臘語中，「tama」這個字源自於動詞「tázo」，許下誓言的意思。人們許下承諾，希望能交換祝福或拯救。年輕男子會在上戰場前，買一枚刀劍圖案的祈願牌，以這種方式祈求：希望我能平安歸來。

或者，某件壞事發生在某人頭上的時候。也許是一場病，也許是一起意外。他有危險了，而那些愛他的人會到神的面前許下誓言，如果所愛之人能夠康復，他們就會做一件好事來還願。如果你孑然一身，獨活人世，你也可以替自己祈願。

我的客戶去祈禱之前，會先跟我買一塊祈願牌，用絲線穿過牌上的小孔，把它綁在教堂聖像旁邊的欄柱上。他們希望，如此一來神就不會忘記他們的祈求。

每塊柔軟的金屬祈願牌上，都鑄了一個圖案，代表身體上有危險的某個部位：一隻手臂或一條腿，一個胃或一顆心、雙手，或者，以我而言，一雙眼睛。我曾經有塊祈願牌，上面鑄了一條狗的圖案，不過教士提出抗議，堅持說這是一種褻瀆。他什麼也不懂，這個教士一輩子都住在雅典，根本不知道在山裡頭，沒有任何東西比一條狗更重要，狗甚至比手還好用。他無法想像，失去一頭騾子可能比自己的一條腿沒藥醫更慘。我引用福音書裡的一段話給他聽：你想烏鴉，也不種也不收，又沒有倉又沒有庫，神尚且養活牠……我跟他講這段話時，他捻著鬍鬚背過身子，彷彿我是個魔鬼。

對於凡夫俗女的需求，布祖基琴的樂手們比教士懂得更多。

至於我瞎了之前是做什麼的，我不打算告訴你，而且就算讓你猜三次，三次都會猜錯。

這個故事要從去年的復活節說起。發生在一個星期日，時間是上午十點左右，空氣中傳來一陣咖啡香。咖啡香氣隨著太陽露臉而逐漸飄遠。一名男子問我，有沒有什麼東西適合送給女兒。他操著一口破英文。

小嬰兒？我問。

她現在是個女人了。

她哪裡有病痛？我問。

全身上下，他說。

這樣，也許一顆心臟是適合的？我終於提出建議，然後用手指在托盤裡摸索，挑出一塊祈願牌遞給他。

這是用錫做的嗎？他的腔調讓我猜想，這應該是個法國人或義大利人。我估算年紀跟我差不多，也許略老一點。

我也有一塊金的，如果你要的話。我用法文說。

她不可能康復，他回答。

最重要的是你立下的誓言，有些時候這就是我們唯一能做的。

我是個鐵道員，他說，可不是巫毒教信徒。給我最便宜的，錫的那塊。

我聽到他的衣服發出窸窣聲，他正從口袋裡掏出皮夾，他穿了皮褲和皮夾克。

對上帝來說，錫和金並沒什麼差別，對吧？

你騎摩托車來的嗎？

和我女兒一起，已經來這裡四天了。昨天我們騎車去看海神廟。

蘇尼翁角的那座？

你看過？我的意思是，你去過那裡？對不起。

我用一根手指碰了一下我的墨鏡說，在這之前，我看過那座神廟。

這顆錫心要多少錢？

和一般希臘人不同，他沒討價還價。

她的名字是？

妮儂。

哪幾個字母？

NINON。他拼出每一個字母。

我一邊整理錢一邊說，我會記住她。話才出口，突然聽到一個聲音，他女兒之前想必是在市集裡的其他地方，此刻她站在他身邊。

我的新涼鞋——你看！手工作的。沒有人會猜到這是我剛買的。感覺我已經穿了好幾年。也許是我之前為婚禮買的，那場沒舉行的婚禮。

夾腳的地方不會痛嗎？鐵道員問。

吉諾一定會喜歡。她說。他對涼鞋的品味很好。

腳踝的綁法很漂亮。

如果踩在碎玻璃上，它們可以保護你，她說。

靠過來一下。是，皮很漂亮，很軟。

記得嗎？老爸，小時候，洗完澡，你會幫我擦乾身體，你在膝蓋上面墊了毛巾，我坐在上頭，你跟我說，每根小腳趾都是一隻喜鵲，牠們偷了這個、那個、這個，然後飛走了……

她用酷酷俐落的語調說著，沒有任何音節模糊含混或沒必要的拖沓。

此刻，嗓音、聲響和氣味替我的雙眼帶來禮物。我聆聽、吸氣，然後彷彿在夢中看見。聆聽著她的聲音，我能看到一片片哈密瓜仔仔細細地排在一只盤子上，我知道，如果我再次聽見，馬上就能認出妮儂的聲音。

◆

幾個星期過去。有個人在人群裡說著法文，我賣掉另一塊上面有心臟的祈願牌，一輛摩托車從紅綠燈口嘶吼而過——這類事情時不時地會讓我想起那名鐵道員和他女兒妮儂。他們兩人途經而過，從不停留。然後六月初的某天晚上，事情有了變化。

傍晚，我從普拉卡走回家。眼睛瞎了的影響之一，就是你可以發展出一種不可思議的時間感。手錶沒有用處，雖然有時我也賣手錶，不過我可以知道現在是一天當中的幾點幾分。返家途中，我固定會碰到十個人，並和他們聊上幾句。對他們來說，我就是時間的提醒器。從一年前開始，柯斯塔斯一直跟這十人混在一起——不過我和他是另一個尚未言明的故事。

在我房間的書架上，我擺了祈願牌，我的好多雙鞋子，一個玻璃杯和一支玻璃水瓶，我的大理石碎片，幾塊珊瑚，幾個海螺，我的巴拉瑪琴擱在書架最頂端，我很少把它拿下來，一罐開心果，幾張裱了框的照片，是的，還有我的盆栽：朱槿、秋海棠、日光蘭、玫瑰。每天晚上我都會摸摸它們，看看它們過得怎樣，同時計算一下新開了幾朵花。

喝杯酒，洗過手臉後，我喜歡搭火車去比雷埃夫斯港。我沿著碼頭散步，隨機問些問題，得知今晚哪些船隻入港，哪些即將啟航，然後跟我朋友雅尼一起度過夜晚時光。他現在經營一家小酒館。

影象無時不在，所以眼睛會感到厭倦。但是聲音，就跟和話語有關的所有事物一樣，是從遙遠地方傳來。我站在雅尼的酒館裡，聽老男人聊天。

雅尼跟我父親同輩。他是個「rembetis[1]」，布祖基琴的樂手，戰後曾經有過很多追隨者，還跟大師馬科斯．方瓦卡里爾斯[2]合奏過。現在，只有當老朋友開口，他才會拿起他的六弦布祖基琴。不過大多數夜晚，老朋友都會開口，所以他沒丁點生疏。他坐在一張藤椅上彈奏，一根香菸夾在左手的無名指和小指中間，撫著音柱。如果他彈琴，我有可能會跳舞。

當你跟著「倫貝提卡」這種希臘貧民藍調歌曲起舞時，你就踏進了由音樂和旋律組成的圓圈，那圓圈有如一只圓形柱籠，你在裡頭跳著，眼前是曾經活在那首歌曲裡的男人或女人。音樂拋擲出他們的哀戚，而你用舞蹈向哀戚致敬。

把死神趕出庭院
這樣我就不必遇見祂。
但牆上的鐘

1 編注：rembetis，希臘語，意為擁抱「倫貝提卡藍調（rembetiko）」所描寫的生活態度者，在希臘通常指稱來自中下階級，有酗酒、賭博、抽菸習慣的人。

2 編注：馬斯科・方瓦卡里爾斯（Markos Vamvakaris），希臘著名的民歌樂手。

卻領著喪禮的輓歌前進。

夜復一夜地聽著倫貝提卡，就像一針一針地紋身。

*

噢我的朋友，雅尼在那個六月夜我們喝了兩杯茴香酒後跟我說，你為什麼不跟他一起住呢？

他不是盲人，我說。

你又來了，他說。

我離開酒館，買了一些串燒捲餅窩在角落吃。吃完後，一如往常，我請小孫子瓦西里搬張椅子給我，把自己好好地安置在窄街的人行道上，街對面有些樹木，在那裡，寂靜的谷更加幽深。我背後是一面西向、沒有開口的牆，可以感覺到白晝儲存在裡頭的溫暖。

遠遠地，我聽到雅尼正在彈奏一首倫貝提卡藍調，他知道那是我的最愛之一：

妳的雙眸，小姊妹，
撬開了我的心房。

基於某個原因，我沒回到酒館。我坐在藤椅上，背貼著牆，枴杖夾在雙腿之間，等待著，就像你讓雙腳慢慢開始舞動之前那樣，等待著。那首倫貝提卡彈完了，我猜，沒有人隨之起舞。

我坐在那裡，聽到起重機在裝卸貨，它們徹夜不停。接著，一個全然寂靜的聲音說話了，我聽出來，是那個鐵道員的聲音。

費德里科，他說，近來可好？真高興聽到你的聲音，費德里科。是，我明天一大早就要離開，再過幾個小時，禮拜五我就能見到你。別忘了，費德里科，所有的香檳都由我出錢，錢我出，所以要訂個三、四箱！我才不管你怎麼想。妮儂是我唯一的女兒。她就要結婚了。是。當然。

鐵道員站在他家廚房用義大利文講電話，那是一棟三房住宅，位於阿爾卑斯山法國那頭的莫達納小鎮。他是二級信號員，信箱上的名字是尚．費雷羅。父母都是從義大利產米大鎮韋爾切利遷來的移民。

廚房本來就不大，又因為前門一進去就停了一輛大摩托車而顯得更小，出了前門就是街道。從長柄燉鍋留在爐子上的模樣可看出煮飯的是個男人。他的房間就跟我在雅典的房間一樣，沒有絲毫女性的痕跡。一個沒有女人的、男人住的房間，而且男人和房間都很習慣沒有女人存在。

鐵道員掛了電話，走到餐桌那裡，上面有張攤開的地圖，他拿起一張清單，上面寫了道路編號與城鎮名稱：皮內羅洛、隆布里亞斯科、杜林、卡薩萊蒙費拉托、帕維亞、卡薩爾馬焦雷、博爾戈福爾、費拉拉。他用透明膠帶把清單貼在摩托車的儀表板上，檢查了煞車油、冷卻液、汽油、胎壓。他用左手食指感覺鏈條的重量，測試夠不夠緊。他發動車子。儀表板的紅燈亮起。他檢查兩個頭燈。一系列動作有條不紊，仔細謹慎，而且最重要的是，溫柔輕緩，彷彿那輛摩托車是活的。

二十六年前，尚和妻子就住在這棟三間房的屋子裡，她叫妮可。妮可在某一天離開他。她說，她受夠了，因為他晚上都在工作，其他時間不是忙著幫法國總工會組織動員，就是在床上讀宣傳小冊——她想要生活。然後她甩上大門，再也沒回到莫達納。他們沒有小孩。

◆

同一天晚上，在回雅典的火車上，我聽到鋼琴聲在另一座城市裡演奏。

一個寬敞的樓梯間，既沒鋪地毯，也沒貼壁紙，但是有一座光滑的木頭扶手。音樂來自五樓的公寓。這裡的電梯不常運作。不可能是黑膠唱片，也不會是CD，那是普通的卡帶。因為所有的聲音上面都沾了些許灰塵。一首鋼琴夜曲。

公寓裡面，一名女子坐在直背椅上，面對通往陽台的落地窗。她剛拉開窗簾，俯瞰著入夜後的滿城屋頂。她的頭髮挽了個髻，眼神疲憊。她幫一座地下停車場畫了一整天的詳細工程圖。她嘆氣，揉著疼痛的左手指。她叫妾丹娜。

二十五年前，她在布拉格念書，試著和一九六八年八月二十日晚上跟隨紅軍戰車駛入布拉格的俄國軍人講道理。隔年，在那個戰車之夜的週年紀念日，她加入溫塞斯拉斯廣場上的一群民眾。那天有一千人被警方載走，五人被殺。幾個月後，一些親密好友遭到逮捕，然後在一九六九年的聖誕節，姿丹娜設法越過邊界，去了維也納，再從那裡前往巴黎。

有天晚上，她在格勒諾布爾組織捷克難民時，遇到尚・費雷羅。他一走進房間她就注意到他，因為他很像她在捷克看過的一部電影裡的演員，電影跟鐵路工人有關。後來，當她發現他真的是在鐵路公司工作時，很確信他注定會是她的朋友。他問她，這句話用捷克文要怎麼說：波希米亞是我的國家。她笑了。他們成了戀人。

鐵道員在莫達納工作，只要有兩天假，他就會騎車去格勒諾布爾看姿丹娜。兩人騎著他的摩托車一起旅行。他帶她去地中海，她從沒看過那片海洋。當阿言德在一九七〇年贏得智利大選時，他們正好談著要去聖地牙哥過生活。

十一月，姿丹娜宣布她懷孕了。尚說服姿丹娜把孩子留下來。我會照顧你們兩個，他說。搬來莫達納和我一起住，那裡有三個房間，一間廚房，一間臥室給我們，一間臥室給他或她。像被突然施了魔法似的，她說，我想，我們的貝比是個女孩。

在雅典的月台上，有個人表示要護送我一程。除了瞎眼，我還假裝自己是聾子。

妮儂，他們的女兒，在她七歲大的時候，某天晚上，姿丹娜從廣播裡聽到，有一百位捷克公民在布拉格連署請願書，爭取人權和公民權。她問自己，這是個轉捩點嗎？她已經離開八年了。她需要知道更多消息。

妳去吧，尚在餐桌上說，我們沒問題，妮儂和我。妳不用趕，說不定還可以延長妳的簽證時間。回來過聖誕節就好，到時我們三人可以一起坐雪橇一路滑到薩瓦省的莫里耶訥。這是妳的責任，同志，妳會開開心心地回來。我們都會很好。

妾丹娜依然聽著五樓房間裡的夜曲，她拉上窗簾，走到掛在藍白瓷磚火爐旁邊的壁掛鏡前面。她凝望鏡子。

十年前那個晚上，當她問尚有關簽證的事情時，到底發生了什麼？難道他們就像那些發瘋的人，就像那些瘋子一樣，都同意他們三人再也不會把同一個地方當成家？

我們到底是怎麼做決定的？

那面鏡子的底角，塞了一張巴士票：從斯洛伐克的首都布拉提斯拉瓦到威尼斯。她用左手的指頭撫摸那張車票，指尖發痛的那隻手。

◆

摩托車的椅座上墊了一條毛毯，上面睡著三隻貓。尚走下樓，來到廚房，穿上他的靴子和黑色皮衣。他打開後門下方的一個小機關，然後拍拍手，貓咪一隻接著一隻跳下摩托車，溜進花園裡。他是在十五年前做了那個小機關，當時妮儂養了一隻小狗，她叫牠「陛下」。

然後，我聽到那個會讓我想起切片哈密瓜的嗓音。同一副嗓子，但這會是屬於一個八、九歲大的小女孩。她說：我經過我們的火車站時，陛下躲在我的外套裡面。每二十四小時，會有六十一輛火車通過我們的車站。凡是要送到義大利的貨物，都要穿過我們的隧道。我把他抱在外套裡頭，他的下巴抵在我的第一顆鈕釦上面，兩隻耳朵搧著我的衣領。如果蝸牛、蚯蚓、毛毛蟲、蝌蚪、瓢蟲和小龍蝦不算的話，他是我的第一隻寵物。我叫他「陛下」，因為他很小一隻。

尚打開面街大門，跨上機車，用雙腳往前推。只要後輪一壓上門檻，機車就能靠自己的力量駛上街道。他抬頭望向天空。沒有星星。漆黑一片，一種看得見的黑。

我抱著外套裡的陛下，穿過火車站，每個人都停下來，面帶微笑用手指著他。包括認識我們的人和不認識我們的人。他是個新奇的小生命。神父先生問我他的名字，好像打算替他安排洗禮儀式！他叫作陛下！我告訴神父。

鐵道員走回去把屋子鎖上，轉動門上的鑰匙，彷彿這個動作已足夠保證，他會在下禮拜回來。用自己的雙手處理事情，能激勵他的信心。有些人認為，手勢比話語更可靠，他就是這種人。他戴上手套，發動引擎，瞥了一眼油表，輕輕打到一檔，放開離合器踏板，滑駛。

火車站的紅燈亮起。尚・費雷羅停下來等紅燈。這時根本沒車。他大可輕輕鬆鬆偷闖過去，不會有任何危險。但他做了一輩子的信號員，他選擇等。

陛下七歲時，被一輛卡車輾了過去。打從第一天我抱起他，他把下巴靠在我的第一顆鈕釦上面，我把他放在外套裡帶回家，叫他陛下，我的陛下，打從那時開始，他就是個謎。

綠燈亮了，隨著人車加速，尚讓穿了靴子的右腳往後，同時用左腳大拇趾打到二檔，那時，他已經騎到電話亭附近，接著打到三檔。

昨天我看到它，掛在商業廳隔壁的一家櫥窗裡，那件洋裝上面有我的名字：妮儂！黑色絲綢連身裙上面綴了白色花朵。長度剛好，膝上三指。V形長翻領，裁開，沒縫線。鈕釦一路開到底。背光時有點透，但不會太誇張。絲總是冰冰涼涼。如果我穿著它上下晃動，大腿就會像舔冰淇淋似的舔著它。我會幫它找一條銀色腰帶來搭配，一條銀色寬腰帶。

摩托車閃著頭燈之字上山。車影時不時消失在懸崖峭壁後方，愈往上爬，車影愈小。這會，它的車燈一閃一滅，彷彿插在岩石巨臉前的一支小小的許願燭火。

不過對他而言卻是另番情景。他覺得自己正在鑿穿黑暗，彷彿在土裡鑽挖的一隻鼴鼠，他用燈束開鑿隧道，隧道彎來扭去，因為道路想避開巨礫往上爬。當他像剛剛那樣回頭往後看時，後方沒有任何東西，除了他的尾燈和無盡的黑。他用雙膝夾緊油箱。當人與機器進入，每個轉角都會接納他們，往上急拉。他們緩緩駛入，速速離去。駛入轉角時，他們盡量等待，至轉角給出一道彎弧，然後飛躍而過。

在這同時，他攀越的景象益發荒涼。在黑暗中，荒涼沒有形貌，但信號員可以在空氣與聲響中感受到它。他再次打開他的安全帽。空氣稀薄、冷冽、潮溼。引擎噪音被鋸齒狀的山岩往後拋。

◆

眼睛瞎了的頭一年，周而復始的最糟糕時刻，是早上醒來的時候。睡與醒的邊界沒有光，經常讓我想要尖叫。慢慢地，我終於習慣了。現在，醒來時的頭一件事，是觸摸東西。觸摸我的身體，床單，還有刻在床頭板上的一片片樹葉。

當我隔天在房裡醒來，摸著擺了衣服的椅子時，又聽到妮儂的聲音，而且清晰到彷彿她剛從街上爬了一道梯子上來，這會正坐在窗台上。不再是小女孩的聲音，但也還算不上是個女人。

今天——我這輩子第一次搭飛機。我好愛飛在雲上的感覺。那裡沒有任何固定的東西，我可以感覺到上帝無所不在。爸爸騎車載我去里昂機場。第一段飛越阿爾卑斯山到維也納。第二段飛到斯洛伐克的布拉提斯拉瓦。此刻，我在這座城市裡，它的名字對我來說就是一個郵戳，或說是它地址的一部分。多瑙河很美，河邊的房子也是。媽媽在機場。她比我想的更漂亮。我已經忘記她的聲音有多美了。我很確定，男人一定是和她的聲音談戀愛。她戴著結婚戒指。媽媽位於五樓的公寓有高高的天花板，長長的窗戶，和腿細細的家具。一間適合長談的公寓。所有抽屜都裝滿文件。我看到了！要進我的房間，得先走出去，走到樓梯間的平台，用鑰匙打開另一扇大門。我猜這個房間以前屬於另一間公寓。媽媽說了一些和「一個可恥的線民」有關的故事，但我不確定她是什麼意思。那是什麼樹？妳應該知道的，她用她美麗的聲音說，那是洋槐。最棒的是，房裡有一台收音機，我可以放我的卡帶。

結果三天沒放半首歌。我想必過得很開心。

在森林走了很長一段路去找蘑菇。我找到一些鷹菇。媽媽不知道鷹菇是什麼，她以為那是一種鳥！於是我說，我負責煮。如果不知道怎麼煮，吃起來會很苦。我們做了鷹菇歐姆蛋。

吃飯的時候她不停問問題。高中畢業會考之後我要做什麼？我有很多朋友嗎？我想念什麼？他們想念什麼？念外文如何？我覺得念俄文怎麼樣？最後我告訴她，我想當雜技演員！她立刻回答：布拉格有個很棒的雜技藝術學校，我會幫妳問問看。我親了她，因為她沒看出我在開玩笑。

禮拜天，我們在多瑙河畔的一家餐廳午餐。吃完去游泳。昨天她買了一件泳衣給我。黑色。相當性感。她告訴我，幾年前，她曾在半夜違反禁令，游泳穿越多瑙河，想證明她還年輕！她自己一人？不是，她回答了，但沒多說。她的泳衣是黑黃兩色，像蜜蜂。

教宗正在波蘭訪問，午餐時間媽媽都在談波蘭發生的事。工會領袖華勒沙躲起來了，工會正遭到政府取締。爸爸稱那個工會為「團結工聯」。老將軍，根據媽媽的說法，就是名字是「J」字母開頭那個[3]，他的選擇愈來愈少，他必須和華勒沙談判，雖然他不想。一切都完了，她小聲說。我們都吃了第二球冰淇淋。布里茲涅夫[4]和胡薩克[5]好景不長，他們會下台，被掃到一邊去。妳知不知道街上的人怎麼叫我們的總統？她彎下身子緊貼到我的耳朵旁：他們叫他被遺忘的總統！

媽媽有兩個女兒！這我之前就知道。我有個妹妹。媽媽愛我們兩個。妹妹叫「社會正義」，簡稱「正義」。媽媽正在寫一本書，書名是「政治詞彙和用法辭典，一九四七年至今」。第一組詞條是「棄權」（Abstention）、「行動主義者」（Activist）、密探（Agent Provocateur）……這些詞彙從她口中說出，聽起來很像戀人情話。她有個戀人，我猜。有個叫安東的男人打電話給她，我聽不懂她跟他說什麼，除非是說到我的名字，她跟他講話的聲音像貓舌頭，小小的、熱熱的、刺刺的。我問她，她說安東想帶我們去鄉下。我們再看看。她的書都是關於我妹妹。她比我更樸素，但更有價值。他們已經進行到字母「I」：「理想主義」

（Idealism）、「意識形態」（Ideology）。很快她就會進展到「K」。我們在餐廳喝咖啡時，一支管絃樂團魚貫進入，調好音後開始演奏，柴可夫斯基！媽媽發出噓聲。丟人現眼！對捷克人來說，這真丟臉！我們有自己的作曲家。我問她知不知道「門戶樂團」？她搖搖頭。那聽過主唱吉姆・莫里森嗎？沒有，告訴我他的事，妳一定要跟我說。我用我的破英文吟誦：

---

3 編注：「J」字母開頭，應指沃伊切赫・賈魯塞斯基（Wojciech Jaruzelski），曾任波蘭統一工人黨中央委員會第一書記、國家元首，一九九〇年波蘭民主化後，將總統職位交給華勒沙（Lech Wa sa），此後波蘭成為東歐民主化的領頭羊。

4 編注：布里茲涅夫（Leonid Brezhnev），蘇聯領導人、元帥，曾任蘇聯共產黨中央委員會總書記、最高蘇維埃主席團主席。

5 編注：胡薩克（Gustáv Husák），前捷克斯洛伐克的政治家、共產黨前總書記。「布拉格之春」後，一九六九年取代杜布切克出任捷共第一書記，成為最高領導人。一九七五年起兼任總統，後在「天鵝絨革命」中辭去總統職務，於一九九〇年被開除共產黨籍。

怪日子已經找上我們，
怪日子已經追蹤到我們。
它們將要摧毀
我們的休閒娛樂。
我們會繼續玩
或是找個新城鎮……

再說一次，慢一點，媽媽如此要求。於是我又念了一次。她坐在那裡盯著我看。一陣沉默之後，她說了一些我想立刻寫在日記裡的話。她說，妳永遠不會擁有全部的自己，為了未來我們犧牲一切！那一刻，我覺得我跟她好親近，比我妹妹更親近。後來，在電車上，我們枕著彼此的肩膀哭了一會兒，她摸著我的耳朵，用手指頭輕撫它——就像學校男孩們躍躍欲試的。

瀑布狂嘯。尚，那位信號員，已經離開停在山路上的摩托車，兩盞頭燈依然亮著，他正在開路，穿越岩石岸，瀑布在他身後。岸邊有許多圓石，有些跟他一樣小，多數很巨大，都是從山峰上滾落下來的。也許是昨天，也許是一百年前。一切都是石頭，昭示著一種不屬於我們的時間，一種觸及永恆但無法回到永恆內部的時間。也許是因為這樣，所以尚．費雷羅讓他的頭燈亮著。一熹微光照亮岸邊的峭壁與山巒，星光漸淡。他正朝東邊走去，在那裡，天空是一件罩在流血傷口上的衣服的顏色。他看起來像是全然孤獨地置身在環抱他的無邊廣袤之中，但是這點，也許對我比對他更顯而易見。

山跟人一樣無法形容，所以人們給山取名字：奧瓦達、齊瓦里、奧爾榭拉、錢馬雷拉、維佐。每一天，山都在同一個地方。它們常常消失。有時似乎近一點，有時好像遠一些。但它們永遠都在同一個地方。它們的妻子和丈夫是水和風。在另一座星球上，山的妻子和丈夫也許只有氦氣和熱氣。

他在一顆圓石前停佇，蹲下來，圓石的南面覆蓋了苔蘚。來自撒哈拉的南風把雨水帶到此地。它們吹拂過地中海時，把水蒸氣攏聚成雲朵，當雲朵接觸到冷山，隨即凝結成雨。

他蹲看著圓石下的一汪水潭，約莫洗臉盆大小。一道活水從岩石下方流進潭裡，在他蹲下的那一側，溢流成一條小溝，承載著不超過兩指寬的小溪。潭底的那道活水和瀑布的狂嘯一樣持續不絕，他凝視著。它盪漾出宛如捲髮的波浪，是破曉時分這塊嶙峋山區裡僅有的柔軟連綿。他變換姿勢，雙膝跪地，低下頭。突然間，他把一隻手伸進水潭，潑了一撮冰水到臉上。一陣冷顫止住他的淚。

我跟爸爸一起搭火車時，他總是聊著跟鐵路有關的話題。如果獨自搭車，我會看到士兵。我知道為什麼，自從歷史教授告訴我們發生在一九一七年的那起事故之後，我就已經看過他們。當火車上空無一人，比方今天早上，他們就會出現。查票員剛剛走進來說：啊，妮儂小姐，這學期妳要準備高中會考了吧！一旦他走了，在這輛該死的火車上，我看到的全是那些士兵。

沒有軍官，都是普通士兵，都是年輕人，就像在「一切都很好咖啡館」裡跟我聊天的那些年輕人。他們擠滿火車，拿著來福槍和乾糧袋。一長列載滿士兵的火車會改變歷史，爸爸這麼說。

我的士兵們，他們很開心，就快聖誕節了，十二月十二日，他們已經離開前線，準備回家。他們穿過我們的隧道。他們在莫達納等了好長一段時間。**我們為何等待？**他們開始唱歌。火車駕駛不想把列車往下開到摩里耶訥，因為只有一個火車頭，而且鐵軌還結了冰。但是指揮官命令他往下開。

車廂滾到平原上，裡頭坐滿了休假返家的士兵，我跟他們一起。真希望我不在那裡。這起悲劇深印在我心中，只要搭上這條線，我就沒辦法不看到他們。每次搭這班火車，我就會和那些士兵一起翻覆。

從窗戶望出去，我可以看到另一條鐵軌、河流和公路。我們的峽谷非常窄，它們三個必須緊緊挨著。它們唯一能做的，就是變換位置。公路可以上橋越過鐵路。河流可以拐到公路下方。鐵路可以跑在另外兩者上頭。眼前永遠都是鐵路、河流和公路，對火車上的我而言，還有那些士兵。

他們在我面前傳遞一瓶瓶皮納紅酒。火車上沒有光，但有個人帶了一盞防風燈。其中一人唱歌時閉起雙眼。車窗旁邊，有個人在演奏手風琴。火車頭開始吹哨，淒厲刺耳有如切進木頭裡的一把圓鋸。沒人停止歌唱。沒人曾片刻懷疑自己是否能返家和老婆親熱和小孩團聚。沒人害怕任何事。

現在，火車開太快了，車輪擦出火花飛進夜空，車廂東倒西歪，險象環生。他們停止歌唱，面面相覷。他們垂下頭來。一名紅髮男子從牙縫裡擠出聲音說：「我們得跳車！」他的朋友把他從門邊抓回去。你們如果不想死，就要跳！紅髮男子掙脫朋友，打開車門，往下跳。他死了。

火車車輪緊貼在車廂下，緊到你無法想像，簡直就像緊塞在正下方，而那些男人被顛來拋去，他們的重量讓車廂傾斜得更加劇烈。站在中間，一名下士高喊著。他媽的穩住中間！士兵們努力站穩。他們努力從車窗和車門邊移開，摟著彼此的手臂站在火車正中央，同時火車朝紙廠的角落猛衝過去。

對鐵路而言，那座紙廠和高聳的紅磚邊坡旁邊是一處急轉彎。我經常從公路上注視它。今天，那裡看不到任何當年事故的跡象，但那些磚的顏色，總讓我想起血。

第一批鬆脫的車廂偏離軌道，撞上邊坡牆。第二批車廂卡進第一批車廂裡。最後一批則是衝躍到頂端，車輪在車頂與頭骨上輾磨。一盞防風燈裂灑開來，車廂裡的木柴、行李袋和木製座椅全都著了火。事故當晚，死了八百人。五十人逃過一命。我當然沒死。

六十年後，我在摩里耶訥參加為他們舉辦的悼念活動。我跟波松寡婦一起去，小時候她幫我做過衣服。一些年老的事故倖存者從巴黎前來參加。他們緊靠彼此站著，一如當年那名下士在火車裡指示他們做的。波松寡婦和我正在尋找一位獨腿先生。他在那裡！波松寡婦用力捏了我的手，把我留在原地，緩慢小心地朝他走去。我知道她要做什麼，她跟我講過。她要去問他，他結過婚嗎？如果結過，那他現在是鰥夫嗎？我認為她不該做這件事，也跟她說過。但我只是個小孩，而且在她看來，我根本還不知道人生可以多艱難。

事故發生那晚，波松寡婦十五歲。聖約翰摩里耶訥小鎮上的所有人全被噪音吵醒，數百人在火光的指引下衝到現場。他們幾乎什麼都不能做。有些士兵還活著，但被夾在碎鐵片下，困陷在火勢當中。一名士兵哀求旁觀者用他的來福槍斃了他！另一位士兵，緊盯著當時十五歲大、未來的波松夫人。天使，他懇求著，快去拿一把斧頭來！她衝回家，找到一把，連忙拿著它衝回去。現在，把我的腿砍掉！他命令她。火焰的熱氣是地獄。有個人砍了他的腿。六十年後，波松寡婦半懷著希望想要嫁給那天晚上被她救活的獨腿男。

從聖約翰摩里耶訥車站走到學校只要幾分鐘。我可以慢慢來，我一邊走一邊告訴自己：我想要離開這個殺死人的爛峽谷，我想要出去看世界！

失明就像電影，因為欣賞這個世界所需需的眼睛不是長在鼻子兩邊，而是長在故事需要的每個地方。

在十一號電車停下的某個街角，當天第一班電車的女駕駛，她用腳上的一隻鞋子把電車的擋風玻璃卡開來，吸入香氣，因為聞到剛烤好的麵包氣味而露出笑容。五樓上面，姿丹娜也聞到同樣的麵包香。她房裡的窗戶開著。又長又窄的房間，窄到直直擺下一張單人床後，床與牆之間只剩下勉強可以行走的空間，那個房間像一道長廊通往窗戶，窗外是一株洋槐，可俯瞰電車軌道。

自從女兒來訪過後，姿丹娜就把這道「走廊」稱為妮儂的房間。她時不時會來這裡找本書。明明是要找A，卻總是拿起B。一本詩人的書，他曾是她的戀人。或是女詩人瑪琳娜·茨薇塔耶娃的信件。然後她坐在扶手椅上，把已經開始看的書讀完。當這種情形發生，當她在那個走廊房間裡待了一小時左右，彷彿可以看到妮儂的晨袍還吊在門裡的掛勾上。

幾天前，姿丹娜開始睡在這個房間的窄床上，希望能因此感覺到與女兒更加親近。

我不清楚，他是怎麼知道和我名字有關的那首歌：〈多可愛的名字妮儂〉（*Quel Joli Nom de Ninon*）。但他就是知道。他說他是廚師。我想他是軍隊裡的廚師。我猜他最近才剛退伍。他的頭髮還很短，露出兩邊耳朵。我問他是不是從北方來的，他用一雙藍眼睛笑著，沒回答。一副已經回答的模樣。皮膚蒼白，身上有很多凹穴，比方顴骨下面，或是上臂的兩塊肌肉中間，或是膝蓋後面。就好像你的手可以突然從兩塊緊貼的岩石中間滑到後面的深水池裡。他全身上下都是關節。

我第一次看到他時，他走在土倫碼頭的一條馬路中間。他這麼做是想要引起注意。像演員或酒鬼會做的事。他笑嘻嘻的。剃短的後腦勺上戴了一頂軟帽，背著兩塊看板，用肩帶綁在一起，看板垂到膝蓋的位置。板子上面、背面和正面，都寫了一家魚餐廳的菜單。一家廉價餐廳，大多數菜餚都不到五十元。最頂端的「淡菜」兩字，緊貼著他的下巴，下面列出不同的淡菜烹調方式：美式、馬賽式、良家婦女式、印度式、馬蒂德飯店式、路西弗式……這清單很好笑。大溪地式、侯希勒式、群島甜美式、漁夫式、匈牙利式……所以匈牙利人有匈牙利烹煮淡菜的方式！那麼捷克，像我可憐的母親一樣，肯定也有自己的煮法囉！有一天她開玩笑說，我們的國菜，是刀子和叉子！我愛她笑的模樣。那像是發現一棵樹還活著，雖然葉子因為冬天已經掉光。我從沒弄懂她那句刀叉玩笑是什麼意思。少女式、留尼旺式、義大利式、希臘式……我愛她笑的模樣。現在，我也笑了。

他看著我。他看到我在笑他的菜單，鞠了個躬。他沒辦法彎得很低，因為那組三明治看板的底部會撞到他的小腿。

我坐在一根繫船柱上，下方是停在港口裡的遊艇和汽船。那個淡菜人講話了：

我們四點關門。妳還會在這裡嗎？

不會，我說。

來度假？

工作。

他脫下帽子，然後把它戴得更後面。

妳做什麼工作？

租車服務。赫茲公司。

我沒告訴他這是我的第一份工作。他點點頭，調整了一下他的肩帶。

他們會作賤妳，他說。找到廚師工作之前，我就是做這個。

別開玩笑。

想要搭那艘遊艇嗎？他指著一艘名叫「不畏人言」的遊艇。

匈牙利人怎麼煮淡菜？我問他。

想要搭那艘遊艇嗎？

他是個笨蛋，跟他背上的菜單一樣蠢。

我快遲到了，我說，然後走開。

姿丹娜躺在布拉提斯拉瓦走廊房間的窄床上，呼了一口氣——就像嘆息或嗚咽後那樣呼了一口氣。

晚上十點我從赫茲辦公室離開，淡菜男站在火車站的書報攤旁邊。

你在這裡站多久了？我忍不住開口問。

我跟妳講過，我們四點關門。

他就杵在那裡，沒多說半句話。他杵在那裡笑著，我也站著。他沒戴帽子，也沒背看板，穿了一件T恤，上面有棕櫚樹的圖案，繫了一條打釘皮帶。他慢慢舉起手中的塑膠袋，拿出一個熱縮包。

我幫妳買了一些淡菜，他說，匈牙利口味。

我等一下吃。

妳叫什麼名字？

我告訴他，也就是在那個時候，他哼起我的歌：〈多可愛的名字妮儂〉。

我們沿著主要大道走向海邊。他拎著那個塑膠袋。人行道上擠滿人，櫥窗裡的燈還亮著。走了五分鐘，他沒說半句話。

你背著菜單走一整天？我問他。

凌晨三點半，他們會把店裡的燈關掉，他說。

我們繼續走。我停下來，盯著櫥窗裡的一件外套。

防彈玻璃，他說。

我想要外套、洋裝、鞋子、手提包、緊身衣、頭巾。鞋子是我的最愛，但我從來不會在珠寶店前面停下腳步。我討厭珠寶。他在一家珠寶店前面停下來，我沒等他。

嘿，他說，這裡可能有些妳喜歡的東西！

那又怎樣？

跟我說妳喜歡哪個。

我討厭珠寶，我說。

我也是，他說。

他那夾在杯把狀耳朵中間的臉突然笑了起來，笑得沒啥把握，我們繼續朝海邊走。我在海灘上吃淡菜，旁邊是疊成一落的躺椅。這道淡菜是匈牙利式，因為加了紅椒粉。

我吃淡菜的時候，他解開運動鞋的鞋帶。他做什麼事情都很慎重，好像他同一時間只能思考一件事。先是左腳，然後右腳。

我要去游泳，他說，妳不想游嗎？

我剛下班。我什麼也沒帶。

這裡沒有人會看我們，他說，他脫下那件棕櫚樹T恤。他的皮膚很蒼白，我可以看到每根肋骨的影子。

我站起來，脫掉鞋子，丟下他，光腳走到水邊，小浪花碎在沙子和卵石上。天空暗得足以看見星星，星星亮得足以看見他一絲不掛。他在海灘上翻觔斗，一路翻進海裡。我嚇了一跳，然後笑了，因為我猜到一件事：他翻觔斗是因為不好意思。用這種方式走下海灘，就不會露出他的小雞雞。我不知道我怎麼會想到這個，也沒問他。是那個念頭自己冒出來的。

在我大笑的時候，他衝進漆黑大海。我應該在那時候離開的。他游到好遠的地方，我再也看不到他。

你曾經試過，把一個男人留在黑夜的大海裡嗎？沒你想的那麼簡單。

我走回去我們剛剛坐的地方。他的衣服在沙灘上擱成一堆，摺好了。不是像軍隊裡的新兵那種摺法。它們的擺放方式，是讓你在必要時可以摸黑找到它們。比方你匆忙回來時可以快速把它們穿上。一件棉T，一件牛仔褲，一雙運動鞋，左腳鞋底有個洞，大腳，四十四號，一條內褲，一條皮帶，扣環上刻了一隻手。我坐在那裡，眺望大海。

八成過了有二十分鐘。海浪的聲音就像你在收音機裡聽到的群眾鼓掌聲。但它更沉穩，而且沒有人高喊「強尼！」他走到我後面，溼淋淋的，站在那裡滴水，骨瘦嶙峋的一隻手臂下面夾了兩張躺椅，另一隻夾了一柄陽傘。我笑了。

於是我們繼續，廚師和我。他的沉默有種牢固感；永遠不會改變。

打完炮後，我問：你聽得到海浪聲嗎？

他沒回答，只是發出咻咻咻的聲音。

姿丹娜從床上坐起身，把腳放到地板上，赤足走去開窗。她的睡衣有蕾絲領口，蓋住她小小的鎖骨。她俯瞰電車軌道。空氣中依然飄著剛出爐麵包的香味。街上有些人正要去工作。

我閒晃到港口，那裡停了遊艇，我想起那名廚師。我沒什麼目的，只是好奇如果我出現的話，他會有什麼反應。然後，我看到他的菜單看板，於是加快腳步穿過人群，但不是他，是個老男人，約莫五十幾歲，一頭灰髮。我問老男人認不認識那個廚師，他搖搖頭，指著自己的嘴巴，好像是要說他不能講話。這讓我決定去找那家餐廳。

餐廳老闆是個男人，穿著淺藍色西裝，有張胖男孩似的臉，一張冰凍的臉。我跟他打聽那名廚師。

妳是誰？他說，頭也不抬地打著計算機。

我是他朋友，我有東西要給他。

妳能用寄的嗎？

他第一次抬起頭。他們把他帶走了，妳要他的地址嗎？

我點點頭。

南特矯正監獄……妳要咖啡嗎？

他說的每句話是用吼的。他必須用吼的，才讓話語穿破臉上的冰霜。他把咖啡擺在一張空桌子上，在我對面坐下。

他們找妳的廚師找了三年，他說。他們七個人越獄，他是唯一成功的。其他人都被逮回去了。但妳的廚師漸漸鬆懈，他走下坡了。

我察覺這當中有些什麼把他逗樂了，不是從他臉上，而是從他講話的調調。

他們逮到他完全是好狗運。有個監獄長官從南特來這裡度假，跟他太太走進餐廳吃淡菜。離開時，瞄到他的這位老朋友。昨天，他從碼頭上下來時，他們十幾個人在後面等著他。

什麼東西這麼好笑？

我正打算下禮拜要給他廚房裡的工作！如果他待在廚房裡，那個條子就不會看到他，對吧？

這很好笑嗎？

這是個好消息啊！你的廚師在等待時機。等到某個星期六晚上，他就會去搶收銀機。這點毫無疑問。沒想到，反而是他們先把他銬上手銬。妳聽到好消息時不會笑嗎？

冷凍豬，我這樣回他。

一隻畫眉開始在洋槐上歌唱。鳥叫聲比任何東西更能讓我回想起事物以往的模樣。畫眉看起來好像牠們剛去做過一場沙塵浴，不是嗎？至於黑鳥，那身烏黑發亮的羽毛，則像是剛從池塘裡走出來，但是牠們一開嗓，情勢就整個逆轉。黑鳥的歌聲很乾，畫眉的歌聲如同一名倖存者——一名為了逃命而游到對岸的泳客，終於在夜裡游到安全的一邊，然後撲進樹裡，抖落背上的水珠並宣告：我在這裡！

◆

尚・費雷羅讓頭燈繼續亮著，他已經穿越雲朵，白雲刷洗著破碎的岩石臉龐。山路之字往下。他來到第一株松樹那裡，碎岩轉換成青草。

下面有段距離的地方，一個男人走在路上，雙手插進口袋裡。

我猜他是個牧羊人，我是從他走路的姿勢看出來的。牧羊人有自己的移動方式。他們的口袋裡沒有鑰匙，沒有銅板，沒有手帕，也許有把刀，但那把刀更可能是放在身上那件襯了內絨的皮夾克裡。他滿不在乎地走著，想證明他很獨立，證明他跟那些山峰一樣獨立，它們剛從夜裡走出來，加入嶄新的一天，但牧羊人既不知道今天是幾號，也不知道是星期幾。他用這種方式走路，因為他很驕傲，夜晚過去了。因為他做了一些事情，讓夜晚順利度過。

接近那名牧羊人時，信號員減慢了速度。他在最後一分鐘停下來，掀開頭罩，放下雙腳。為何停下？他自己似乎也不清楚。也許是因為這個特別的時間點，而且看不到其他居民的影子。牧羊人的其中一隻狗遠遠地吠著。

牧羊人從陌生的機車騎士身邊經過，走了幾步之後，他沒有回頭地說：遠嗎？路途還很遠嗎？

遠！機車騎士說。

也許牧羊人已經兩個禮拜或更久沒說過話了。他們兩人都不知道眼下該說些什麼；兩人都在盤算，然後在同一時間放聲高談。他們正在摸索一種介於義大利文、法文和山區方言的談話方式，那種山區方言也許兩人都能懂個大概。他們測試每個字眼，有時還會重複，就像牧羊人的狗重複牠的吠叫。

我根據他們的口氣、他們的吼叫和他們的雜交語彙做了翻譯。

今天是禮拜天嗎？牧羊人問，轉頭看著機車騎士。

禮拜三。

你很早就開始騎嗎？
很早。
晚上還很冷。
沒有火？尚・費雷羅問。
沒有木頭。
沒有？
我想偷某樣東西，牧羊人說。
木頭？
不是，你的機車。
你要去哪裡？
往下走到皮內羅洛。
皮內羅洛有多遠？

去皮內羅洛還要走十二公里。
皮內羅洛有什麼？
女人。
清晨六點？
還有一個牙醫！
上來。之前坐過摩托車嗎？尚問。
沒有。
之前看過牙醫嗎？
沒有。
上來。
我不上來。
你牙痛嗎？

不。

你確定你不上來？

我要在這裡痛。你去的地方很遠嗎？

去皮內羅洛。

好，牧羊人說。

然後那兩個男人往下騎到義大利，牧羊人用兩隻手臂抱住信號員。

在我的上顎，它很油滑。但是在烤成咖啡色的外部，它很乾。每天早上，我都會從放眼所及的巧克力麵包裡面，挑選顏色最咖啡的那個。麵包師的太太說，哎，妳已經煮好妳老爸的咖啡，現在要去上學了！她會這樣說，是因為媽媽走了，只剩下我和爸爸一起住。我嘗了黑巧克力，先用牙齒，然後慢慢用我的舌頭。它是液體的，但不是可以喝的那種液體，你必須把它吞下去，不過，和麵包比起來，它是液體。吃巧克力麵包的技巧是，要把你嘗到的第一口巧克力吞下去，但要留下足夠多的巧克力，可以用舌頭把它們推到牛奶麵包內每個角落，讓所有地方都充滿巧克力的香味。

他們在皮內羅洛的橋邊停車。牧羊人爬下機車，揮了一下手，但沒說半句話，隨即消失在咖啡館裡。道路沿著河流伸展，車燈捕捉到楊柳的銀色葉底，河水晶瑩，有位釣客正在甩竿釣鱒魚，尚・費雷羅不停往前騎，用雙膝夾緊油箱。

卡西歐內河在隆布里亞斯科上游附近匯入波河。小村居民早已習慣聽到河水的衝撞聲，萬一那兩條河流在哪天半夜裡堵塞了，他們恐怕會立刻驚醒，以為自己死了。騎士與摩托車駛過匯流處，他們契合如一，宛如一隻翠鳥低飛在水面上。

午休時間我喝了一杯卡布奇諾。不管哪一天，只要是下午一點四十五分，你都可以在卡度齊街找到我。自從我來摩德納，已經過了十八個月。那感覺就好像，十八個月前，在我睡覺時，有個人把兩個字母掉換了位置：把MODANE（莫達納）變成MODENA（摩德納）。然後醒來我就發現這座新城鎮。我用法國腔說著義大利文。「講話要像跳踢踏舞，不是像唱歌！」他們這樣告訴我。在摩德納這裡，他們製造拖拉機和跑車，他們還製作大量的櫻桃果醬。我愛這裡。我不是個簡單人物。他們也不是。我們都知道一顆杏桃長五公分，不可能超過！摩德納和我的家鄉差不多，如果一個人在敲定該年的櫻桃價格時表現得太過緊張，有可能會被柯特眼鏡蛇手槍給斃了。不過，當我在夜晚穿越這裡的街道時，總愛想像各式各樣的幸福，並在樹木後面尋找它們。

天空是一種清晨的藍，白雲低飄在樹梢上。馬路筆直。信號員正以時速兩百公里的速度飛馳。

維羅納有個展覽，瑪蕾拉和我決定去看。展場外面的海報秀出一個女人的頭像側影，多美的脖子！全世界最性感的長頸鹿，瑪蕾拉說。在另一張海報上，我留意到埃及人繫裙子的方式。反正禮拜天看展不用錢，瑪蕾拉說，於是我們走了進去。他們會把裙子繞過左臀繫綁起來。我注視每一樣東西，好像他們就住在我家隔壁，雖然這條街的門牌號碼有點瘋狂。他們是3000B.C.（西元前三千年），我們是A.D2000（公元後兩千年），不過他們就住在隔壁。我看到他們一棟房子的模型：廚房、浴室、餐廳，還有停放二輪戰車的車庫。

牆上有專為身體打造的壁龕。壁龕依照肩膀、腰部、臀部、大腿……的形狀鑿刻，就像用來做海綿蛋糕的模子，只不過它們是為了展現身體的一切美感而打造的。身體應該受到保存，一如祕密。埃及人，他們熱愛保存。只要你踏進其中一棟房子，瑪蕾拉說，他們就會把你封在牆壁上！妳慢慢逛，妮儂，我要去吃冰淇淋！如果一小時後妳還沒出來，我會去木乃伊棺材裡找妳！

多棒的死法啊！你躺在木乃伊棺材裡，像一粒豆子躺在豆莢裡，而且這枚豆莢裡面襯的不是像新生兒頭髮一樣細的絲綢，而是溫暖舒適的拋光木頭，他們說那是洋槐木，上面還畫了愛神，正準備給你一個永恆之吻。他們沒漏掉任何東西，甚至還有給貓咪的木乃伊棺材。還有那些雕像走路的姿勢！他們坦然面對你，毫不扭捏，他們舉起手臂，曲起手腕，掌心朝外。男人和女人，若他們是伴侶，女人會用一隻手臂摟著她的男人。他們往前走來，有時會稍微後退一步，但絕不轉身離去。在埃及，沒有轉身，沒有離去，沒有分別。

我試著模仿，右腳往前一點，背挺得筆直，下巴抬高，左臂舉起，掌心向前，指端與肩同高……

突然間，我知道有人在看我，我定住不動。有雙眼睛盯著我，我可以感覺到，在我左肩膀後方的某個位置，大概四或五英尺，不會更遠，肯定是一雙男人的眼睛。我定在那裡，比那些埃及人更像雕像。

其他參觀民眾開始盯著我後面那個男人。他們看到我，但我不構成他們的困擾，因為他們覺得我跟埃及人是一國的，而且我一動也不動，然後他們注意到我後面那個男人，他們狠狠盯著他，他們怪**他**害我不能動！

別看了，你這隻豬！我聽到一個女人的聲音對他大吼。對我來說，這是最難捱的一刻，因為我想大笑。我可以微笑，但不能大笑，更別提嗤嗤笑了。

我沒動，直到感覺那道目光移開了。從其中一只玻璃櫃的倒影中，我知道我後面沒有任何人。他被迫走進下一個展間。一直到那時，我才停止假扮埃及人。

我告訴自己，我想看他一眼。下一個展間有五隻猴子。真實大小的大理石狒狒坐在那裡曬太陽。我想像太陽正在西沉，每天傍晚牠們都來這裡，坐在同一塊岩石上，看著太陽落下。那個傢伙戴著太陽眼鏡，肩膀上掛著一台相機。我無法看穿他的太陽眼鏡，不過，到底是為什麼要在古埃及戴太陽眼鏡呢？

我離開展間，打算去冰淇淋店找瑪蕾拉，這時，那個傢伙跟在我身後穿過十字轉門，費勁地呼吸。

妳的名字是娜芙蒂蒂[6]嗎？他問。

我的名字是妮儂。

我是路易吉。街上的人都叫我吉諾。

6　編注：娜芙蒂蒂（Nefertiti），埃及法老阿肯那頓的王后，是古埃及最有權勢的女人，據傳擁有絕世美貌。

◆

姿丹娜的鞋跟喀喀地踩著通往地下室的樓梯。十年前，她常去造訪斯塔哈諾夫斯卡街的一個地下室，收集成堆的地下出版品。今天，在樓梯底端，有個男人正在吹口哨。她在一扇門上敲了幾聲，口哨停止。

誰在外面？

姿丹娜．霍勒塞克。

請進，公民。

自從邊界開放後，她就沒聽過有人把**公民**這個字眼當成一種稱謂語。她皺了一下鼻子，像是在回應一個冷笑話，接著打開門，走進一家木匠鋪，裡頭寬敞明亮。長椅上坐了兩個男人，穿著藍色工作服。年紀較大那位，戴了一隻鐘錶匠的眼鏡，用鬆緊帶綁在額頭上。

一位朋友告訴我，姿丹娜說，你們有製作鳥哨？

請坐。我們製作鳥哨，年長男說。我們現在有三十三種。

也許你們正好有畫眉的？

妳想的是哪一種？槲鶇或西伯利亞地鶇？藍喉歌鴝或紅翼歌鶇？

會唱歌的畫眉，就像現在樹上那些。

公民，妳知道我們為什麼要製作鳥哨這種樂器嗎？絕對不能把它們當成誘餌，用來捕殺同類。我們要求每位買家都要牢記這點，每個盒子裡也都會有一張印刷告示：「我用鳥哨跟鳥說話！」我以前是哲學系學生。這位馬雷克曾經在一個爵士樂團裡演奏。經過幾年的省思，我們逐漸相信，製作鳥哨是我們在這個世上所能做的事情當中，最不具傷害性的一個——同時還能讓我們活下去。

你們賣很多嗎？

我們出口到全世界，年輕的馬雷克說。我們的下一個實驗，是替紐西蘭製作奇異鳥。馬雷克說話時，眼裡閃著狂熱。斯洛伐克的畫眉數量正在遞減，妳知道嗎，公民？

我想要送給我女兒。

我們有兩款。一款是叫聲，一款是旋律。

可以聽聽看嗎？

穿藍色外套那位，那個哲學家，走到一個櫃子前面，拿了兩個自家製造、有滑蓋的木頭小盒子回來。他打開一個，遞給姿丹娜。裡面有個樂器，不比雞蛋大，看起來介於附有橡膠球的小型汽車喇叭和迷你灌腸器之間。橡膠球的另一頭有根金屬管子，上面有個類似長笛音栓的小洞，還有一個金屬翅片在管子內部滑動。

用左手拿著，公民，然後右手捶橡膠。

姿丹娜把手提袋擱在椅子上，站起來表演。當她用右手掌擊壓橡膠時，空氣被擠進管子裡，發出一個只有畫眉才叫得出來的啁啾聲。她反覆擊壓，同時閉上雙眼。眼睛閉上後，她發現，和我一樣，那聲音千真萬確，彷彿真的是從畫眉的耳咽管、從牠喉頭傳出來的。

在這同時，馬雷克把另一個樂器從盒子裡拿出來。它的形狀像是迷你酒杯，但材質是實心木頭，除了一根細長的中空管，貫穿杯身直抵杯緣。他用一雙大手捧著它，把杯身靠近唇邊。透過這個袖珍風管吸氣吐氣，他的氣息變成了流暢鳥鳴。姿丹娜停住，手懸在半空中，雙眼闔閉，馬雷克跟著暫停。姿丹娜再次敲擊黑色橡膠，馬雷克隨之應和。就這樣，在斯塔哈諾夫斯卡街的地下室，馬雷克和姿丹娜，用啁啾與顫音，展開一場畫眉對唱。

妳為什麼想給她這個？當兩人停止演奏時，戴著單隻眼鏡的男人問她。

我家外面有隻畫眉每天早上都會唱歌，我希望你們的發明可以，該怎麼說呢……可以跟我女兒腦海裡的那隻畫眉講講話。

它們可以帶來安慰。這就是我們製作它們的原因……

妮儂，我們散個步吧，吉諾對著我說。我們朝格雷札納的方向走。吉諾知道別人不曉得的路，這真的很詭異。他可以從一座城市走到另一座城市，完全不必跨越任何一條國道。後來，我叫他野兔，是因為他的臉型和長鼻子，而且這麼叫他很貼切，因為他知道其他人看不到當然也找不到的小路。那天他沒碰我，只是偶爾把手伸給我，在我走下堤岸或走在葡萄藤下時幫我一把。他做了一件事，以前我從沒看其他男人做過。他抱著自己。跟猴子剛好相反，牠們隨時都把自己暴露在外。他就像個薩克斯風手，拿著他的樂器，並用身體環抱它。吉諾在維羅納的陽光下做出這個姿勢，那裡長著絲柏，他懷中沒有樂器。這讓我想要碰他，但我沒碰。

在平原上，此時是初夏，草綠且嫩。每一次當道路趨近波河，波河就會變得更大。

在希臘這裡，介於島嶼之間的那片海洋，提醒著我們它比其他一切更為恆久。但是平原上的淡水就不一樣；波河，隨著它的累積膨脹——所有大河都會在某一刻後把愈來愈多淡水吸入自己內部——還是堅持：萬事都逃不過改變。

罌粟沿著道路生長。楊柳傍著河岸，一陣微風將它們的花朵吹越道路，宛如從枕裡飛出的羽毛。

大地愈來愈平，失去了起伏摺曲，像一張桌巾被老婦用手撫平。她的另一隻手裡拿著盤子與刀叉。隨著大地漸趨平坦，它的距離愈拉愈遠，直到人影顯得極為渺小。

信號員急速駕駛著他的機械，鞋跟往後，手肘彎曲，手腕放鬆，腹肚抵著油箱。或許清晨的陽光給他的視野畫了個邊，鼓勵他加快速度。然而，在我描繪他時，我理解到，就像注入大海是河的天性，人的天性就是會夢想速度。速度是凡人認定神祇所擁有的第一批屬性之一。而此刻，在交通尖峰開始之前的清晨陽光下，在這條大河旁邊，尚．費雷羅宛如神祇一般馳騁。哪怕是最些微的目光轉換、指尖碰觸或肩膀移動，都能瞬間傳輸生效，毫不費力，沒有任何凡人的遲延。

那間小屋是吉諾的朋友馬泰歐的。馬泰歐出去了，所以我們把它當成自己的。吉諾有鑰匙，我們走進去。它蓋在靠近阿第及河岸的一塊田野裡。馬泰歐是賣車子的，碰上一、兩天休假，他就會來這裡。裡頭有點像健身房。一顆拳擊球，幾條百慕達短褲掛在繩子上，一根平衡桿抵在一面牆邊，一台高傳真音響，一張床墊在角落裡，四周牆上釘了幾十張從雜誌剪下來的拳擊手照片。

我跪著研究那些照片。吉諾放了一些音樂，拉上蕾絲窗簾遮住小木窗，開始脫衣服。這是我們的第一次，我們像孩子一樣嬉鬧。他像站在懸崖邊正準備跳水的男人。無比專注，雙膝併攏。他時不時朝我這邊瞥上一眼，秀出即將對我展現的勇猛！我很勇猛，他希望我也要小心。和拳擊手比起來，他簡直瘦如薪柴。他的腿和手臂像是直接從眼睛裡伸出來似的。我不再喊他「野兔」，改叫他「眼球」。我讓他見識到，我可以用指甲把他搞得多痙攣。我不知鬧了他多久。最後我們做愛。我只記得，我在他上面，我們不斷呼喊彼此，然後突然間，我聽到啪的一響和一陣颼颼聲，像是一株大樹倒了下來，而且到處都是陽光，我在陽光裡閉著眼睛，翻了個身。等我睜開眼睛，發現自己躺著，在我們兩人腳邊有一株結實纍纍的紅蘋果樹。我不敢相信自己的眼睛，摸索著他的手，我一找到他的手，他就開始笑，還拉我坐起來。我終於搞懂發生了什麼事，因為看到那些灰色的碎木板。小屋的一面牆壁往外塌到田裡，那些拳擊手的照片，這會都躺在草地上，仰望天空。我用腳一直頂，吉諾說，一直頂，一直頂——他的笑聲和陽光還有他說的話全混成一團——想把你抬的更高、更高、更高，然後房子的牆壁就倒了！看那些蘋果，妮儂！他給了我一顆，我一絲不掛地跪著，握著它，有如我曾經看過的一幅畫。噢，吉諾，那幅畫不是夏娃。

巨大的文字，印刷或閃爍的，開始宣告城市來臨。一公里接一公里的爭勝文字，承諾著產品、服務、歡樂和名稱。有些音節大到似乎想要振聾發聵，它們的噪音在繁忙的車陣中轟進隆出。尚・費雷羅在文字與文字之間編織他的道路，有時騎在它們下方，有時從兩個字母中間滑過，或是在一句標語的末尾轉彎。保時捷，依維柯，塞拉銀行，左拉，阿吉普，摩多，ERG。

交通壅塞。他從小巷騎進小巷，在巷弄間穿梭。他一路閱讀。他閱讀那些徵象，可以判斷另一名駕駛在接下來五秒鐘打算做什麼。他觀察駕駛的頭怎麼擺，手臂怎麼擱在打開的車窗上，手指又是怎麼在車身上敲啊敲的。然後，他加速或煞車，留在後頭或一衝而過。他已經當了一輩子的信號員。

爸爸跟我解釋科學原理。萬事萬物都跟你怎麼傾斜有關。輪子上的任何東西如果想要轉彎或變換方向，離心力就會進場，他說。這股力量企圖把我們從彎道拉回直路，它遵守慣性定律，這條定律總是希望能節省能量。在遇上彎路的情況下，直行需要的能量最少，於是我們得開始戰鬥，把自己的重量朝轉彎的方向側壓去，藉此改變摩托車的重力核心，抵銷離心力和慣性定律！鳥類在空中也是做同一件事。只除了，爸爸說，鳥類不是在空中旅行——牠們就住在那裡！

車流整個塞住。信號員在靜止的車輛中間追尋他的道路，努力尋找足夠寬敞的通道，有時得往左靠沿著路中央前進，有時得往右靠貼著道路邊緣。他指揮、引導著機車。一層霧煙籠罩城市，遮擋了陽光。他的馬達過熱，因為他前進得太慢，電動冷卻系統自行開啟。等他終於抵達車陣最前頭，四下查看究竟是什麼原因導致車流停頓。一個男人、一個男孩外加一條狗，正趕著一群白色小母牛走在馬路上。牛隻一頭接著一頭，有如棄械投降的士兵隊伍。然後，一列電車從對面駛來，響著鈴聲。一輛賓士「Vision A」的駕駛對天賭咒說，這真是可恥，居然還沒把屠宰場遷離杜林。尚解開夾克拉鍊。

吉諾送了我一枚戒指，金色的，上面是一隻烏龜的形狀。每天，我都要決定該怎麼戴它。可以用烏龜回家的方式戴，讓它游向我，讓它的頭正對著我的手腕，或者，也可以換個方向，讓烏龜游出去見見世面。它的重量比金戒指輕，顯出偏白色的黃。這枚戒指，根據吉諾的說法，是從非洲來的；他在帕馬發現它。今天，我打算跟烏龜一起游出去見見世面。

阿斯克勒庇街上有一家店，我都在那裡剪頭髮。外面寫著Κουρζιον。意思是理髮店。還有一句標語：Αψε σβησε，「說到做到」。兩個男人，兩張椅子，就這樣。沒照片，沒雜誌，沒燈光。他們甚至不用鏡子。取而代之的是信任。在一條卡車往來的沙塵街上，門開著。全雅典沒有其他理髮師的剪刀速度可以跟這兩位比美。剪刀喀嚓不停，不管中間是不是有頭髮，從沒停過。無時無刻都可看到其中一人舉著剪刀在空中嚓嚓作響。他們不會在椅子四周移動，他們站定同一個地方，把顧客轉來轉去。當他們拿起剃刀時，會用一根手指把頭壓住，不讓它移動分毫。坐在那裡，在我最愛的理髮店裡，一邊剪著頭髮，一邊聆聽剪刀喀嚓、卡車轟隆，我聽到一個男人的笑聲。

那笑聲屬於一具身體，而非一個笑話。一個老男人的笑聲，像一件斗篷甩披到正被說出的話語肩膀上。老男人問說：你正在看上面那張照片？那是我兒子，吉諾。他在他的小艇裡面，你看到了。你有猜到他是我兒子？就跟那些常使用電鋸的木工所說的一樣：都是同一塊老木頭刻出來的。他站得比較挺，比我挺。你沒說錯，也比我瘦。他站得比我挺，因為他的人生比較輕鬆，拜託老天爺，希望能繼續保持這樣。磨難會讓男人扭曲，會在他裡頭打結。我兒子有他自己的祕密，他當然是不准我看他的女朋友，但他沒什麼大煩惱，沒有很嚴重那種。啊，你在找錨嗎？要像那個一樣大！可以請問你要用它做什麼嗎？那家迪斯可舞廳叫作「黃金錨」？（笑聲）我有好幾個，但要走上一段路喔。你隨時都可以把錨漆成金色。它們在比較遠的鍋爐那邊，輪胎左邊那裡。來，我們過去。像我剛剛說的，我以為他會多讀一點書，我兒子吉諾，但是他沒有。你不想要小便斗嗎？他七歲的時候，就常常自己一個人去釣魚。八歲就有辦法自己開小艇，船上都沒其他人呢！現在，他每個禮拜二和禮拜四都會跑去皮卡多，去波河釣魚。不會，週末他不會去，他有市集要跑：禮拜六費拉拉，禮拜天摩德納，禮拜三則到帕馬。浴缸你沒興趣？他做事很有條理，也許這也是遺傳我的。攢錢沒別的，就是要有條理，你知道的。有條理，有足夠的土地，有本事看出每樣東西是怎麼來的。所有東西都要認得，把同一類的歸在一起。吉諾本來可以進電子業，但是有個問題，這孩子沒辦法坐辦公室，四堵牆對他就像監牢。每次他走進我的辦公室，就是你剛去的小房間，貼了他和小艇照片那間，總是待不了三分鐘。他就是那種男孩子，老是豎起耳朵留意隔壁的村子何時敲鐘，就像俗話說的，馬路都還沒開就跑過去。所以他決定搞一個自己的流動攤子，每個禮拜在幾個市場裡巡迴。他是個厲害的推銷員，有本事在墓園大門前面賣五彩紙屑！（笑）沒錯，他做服飾生意，衣服布料。錨在這裡。你要付現金？那就算四千兩百萬好了。你說太貴？出價以後就不能討價還價啦。去附近打聽打聽，他們都會跟你講同一句話──費德里柯對賣東西沒興趣，他都是送東西給別人。四千兩百萬。

◆

在杜林的維多伊曼紐橋附近，有隻狗站在碼頭上的漁夫旁邊。尚．費雷羅正從上方的道路俯瞰他們。他的機車停在路邊，他把手套和頭盔擺在石頭護欄上，人也靠在上頭。沒有太陽，不過空氣悶熱，石頭護欄的顏色也吸收了熱氣——就像開瓶後放了很久的榲桲果凍的顏色。

小心一點，一個女人的聲音說，你不想要它掉進去吧？她摸著那頂頭盔。她說的是義大利文，但因為那是一種語調非常悠揚、非常莊重的義大利文，以至於她說的那些話，儘管意思非常普通，聽起來卻像是從《聖經》裡引用出來的。

「耶和華神便打發他出伊甸園去，耕種他所自出之土。」

安全帽上的那隻手和她的聲音很配。如此纖細的雙手，往往會伴隨著絲柔秀髮，跟傷口同樣敏感的表皮，以及鋼鐵般的意志。

你不可能把它從河裡撈起來，她說，河太髒，太臭了。

她開始用她那隻天使般的手搖著石頭護欄上的頭盔。是我們這些人把河毀了，她的聲音繼續，我們毀了一切。

她的衣服灰撲老舊——就像女人在市場裡翻撿著一堆堆衣服時被丟到旁邊的那些。她擦了口紅，不太顯眼的顏色，塗得有些笨拙，彷彿她再也看不到自己那些纖纖手指正在做什麼。

能做的事真的很有限，她說，能做的似乎永遠都不夠。不過我們還是得做下去。

總有一天我會有棟房子，但不會在那個殺人的峽谷裡。我想要一棟房子，我可以從每扇窗戶看到大海。妮儂的房子，它肯定存在於某個地方。不是藍色大海，是銀色海洋。在我的房子裡，我要有廚房，還要跟「克萊兒阿姨[7]」餐廳一樣的桌子，可以在窗戶旁邊切蔬菜。廚房裡，我要有一組梨花心木餐具櫃，和我家樓下的那組一樣。但是裡頭放的東西會不同。我不想裡頭擺滿舊鈔票和照片和摩托車電池，還有一堆因為太漂亮而從沒用過的盤子。在餐具櫃裡，我要擺上漂亮而且我會用的盤子。在盤子上面的架子上，我要有一排厚重的玻璃罐，每個罐子都有厚厚的軟木蓋子——也許漁夫可以給我一些軟木，他們用軟木讓漁網漂浮，每天早上我都可以從臥房的窗戶看到漁夫把它們拖進小船裡。在我的玻璃罐裡，我要放糖和麵包屑和咖啡和兩種麵粉和乾蠶豆和玉米片和可可粉和蜂蜜和鹽和帕馬森起司和泡在烈酒裡的藍莓，最後一項是替爸爸來玩時準備的。

生活就是這樣建立起來的，那位靠著護欄上的老女人繼續說，任誰也無法停止。你把這裡的某樣東西拿起來，你把某樣東西放到那裡，你醒來時腦袋裡有個念頭，然後突然想起那件事很久以前你就試過了，然後你回家，把你帶回家的東西擺進冰箱裡。你就這樣一天一天過下去。你有注意到下面那個男人和那隻狗嗎？

有。

你有注意到那個帶狗的男人？他是我丈夫，第二任丈夫。他在飛雅特工作。娶我對他沒任何好處。我把他搞得一團糟。

尚・費雷羅轉過身，脫下皮夾克，擱在護欄上。暑熱開始發威。天氣還會有波動，會變冷，會爆熱，會突然狂風掀起暴雨，也會有接連幾天的乳白色霧霾讓人昏昏欲睡，不過阿爾卑斯山南邊的熱氣從現在開始會持續三個月，這將減少人們對未來的憂慮，但也許會產生絕望感，特別是對無聊的絕望，或是突然出現凡人對疲勞的暴怒。但是害怕未來會變得不一樣的威脅感，倒是消退了。接在每一天後面的另

---

7 編注：克萊兒阿姨餐廳（La Tante Claire），倫敦一家三星米其林餐廳，於一九七七年開業，二〇〇四年關閉。

一天，基本上是大同小異。

脫掉夾克比較舒服。女人摸著躺在護欄上的夾克皮。料子很好！

尚．費雷羅的襯衫印了汗漬。

冰箱，我努力把裡面裝滿他愛吃的東西，或說他以前愛吃的東西，她說。每天我都幫他拿一些東西出來。有時，我會試著給他驚喜，這是讓他微笑的一種方法。每天，我都把一些東西放回去。這有點像是幫旅行打包行李。打包是一門藝術，因為那是一個很小的冰箱，是從露營車上拿下來的。那部露營車報廢了。替他把冰箱裝滿是我的工作。

三個穿牛仔褲的年輕人欣賞著停在路邊的摩托車。

真美！

時速三百公里！

那兩個油表有點誇張，但她很可愛。

你們覺得她多重？

她很重。

又重又快。

看她的雙胞胎頭燈。

真是閃亮啊！

我丈夫打開冰箱的門，那女人說，但只是為了找東西給狗吃。他自己已經沒胃口了。為了那隻狗，我跑去餐廳。但我從來沒有把他們在餐廳後門給我的任何東西拿給我丈夫吃，這是尊嚴問題。只有我親手為他準備的東西，才配得上他。這是一輩子的任務。等到有一天，他再也沒辦法吃任何東西，甚至連他以前愛死的麵餃也不能吃了，到那時，他們就會把他埋在這邊的墓園裡，冰箱也就可以丟到垃圾堆了。

阿斯克勒庇街的理髮師，用他左手的一根手指按著我的頭頂，讓頭定住，他正用剃刀剃我的後頸。我失去那個老女人的聲音，另一個聲音走向我。

這聲音說，五百年前，有三名智者在公正的努西蘭[8]面前，爭論在生命這片悲傷的深海裡，最洶湧的波濤是什麼？我認出他的聲音了：亞歷山卓的賈里，是個特愛插話的傢伙。其中一位智者說是病痛，賈里繼續說道。另一個說是老而貧窮。第三位智者斷言是步向死亡又沒事可做。到最後，三人一致同意，最後一個可能是最悲慘的：步向死亡又沒事可做。

◆

他幾乎不曾伸手去拿任何東西，護欄旁的老女人對尚說，幾乎不曾。我只看過兩次。你知道他的弱點是什麼嗎？我會告訴你。檸檬奶酥餅乾！他愛奶酥餅乾。

尚．費雷羅凝視著川流不息、無法透視的河水。

老女人用她天使般的手打開皮包，宣告：我的錢不夠。我有六千，只能買半包！午睡之後，他配黑咖啡吃。也許一盒檸檬奶酥餅是我們能夠一起提供給他的東西，先生，我們兩個？

信號員在他的皮夾克口袋裡摸索著，想要找出一些錢。

---

8 編注：努西蘭（Anushiruwan the Just），伊朗薩珊王朝的霍斯勞一世，是當時公認最偉大的國王，有「哲學家皇帝」的美稱。

我學會寫我的名字：妮儂。我坐在餐桌上，正在寫字。字母N像狗的舌頭，字母I像豆子發芽，字母N我說過了，O是一個碗，然後N就是N。現在我可以寫出我的名字：NINON。

尚．費雷羅坐在波河街赭黃色拱廊下的一張咖啡桌旁，面前是一杯卡布奇諾和一杯冰水。在這座城市裡，沒有其他東西比這些水杯更加閃亮。他把背靠在椅子裡；他剛翻越了好幾座山。他祖父大概也曾來過杜林，跟某個公證人討論案件。如今，拱廊是舊檔案夾的顏色，上面的標籤已經換過好幾回。聽到一陣笑聲，他抬起頭，花了一些時間才找到正在笑的那個人。是個女人的笑聲。不是在拱廊裡，不是在小吧裡，也不是在書報攤旁邊。那笑聲聽起來像是來自鄉下的某塊田裡。然後他看到她了。她站在對街二樓的一扇窗戶前面，正在抖著一張桌布或床單。一輛電車駛過，但他還是可以聽到她的笑聲，電車走了她還在笑，一個年華不再的女人，一雙粗壯胳膊和一頭短髮。猜不出她究竟在笑什麼。等她笑完，她八成得坐下來喘口氣。

吉諾愛上我了。我彎著身子，當我把身體打直，膝蓋上會出現皺摺，而皺摺會微笑。我的軀幹是個謎，從肋骨處開始，和我的洋裝一樣結束在膝蓋皺摺的正上方。我會為了他變得多美麗啊。

◆

我聞到溫和的阿摩尼亞，打溼的頭髮，和漆的味道。我聽到一支大吹風機的哀嚎和女人用斯洛伐克語聊天的聲音。那群女人當中的其中一個是姿丹娜。

我想要帶點閃光，姿丹娜說，不必全頭，只要到這裡就好。

她正在跟一個年輕女孩講話，那女孩穿著黑T恤和白長褲。女孩的黑髮梳到頭頂上，黑髮裡夾著白色斑紋，看起來很像夾雜著黑色斑紋的一隻白貂。

類似這樣的色系嗎？女孩用來自鄉下的聲音和腔調問道。

沒錯，不要更深，姿丹娜說。她閉上眼睛，年輕女孩將塑膠手套套上她的一雙大手。

我叫琳達，年輕女孩說。這是妳第一次來這裡，我猜？

是的，第一次。

一九九一年起，好幾家新式美髮沙龍以嶄新風格出現在布拉提斯拉瓦，一開始嚇壞了所有人，除了年輕一輩。早期的美容院是國營的，看起來像凌亂的廚房，專門負責燙頭髮。新式美髮沙龍則是假裝成時髦的汽車展示場。

晚上要去參加派對嗎？琳達問。

要去參加婚禮。

琳達用戴了手套的手指小心翼翼動作著，因為那是她挑起的第一綹頭髮，她在上面梳了白色染劑，裹上錫箔。

婚禮。妳真幸運。明天嗎？

她極為專注地處理第二絡頭髮。那個白色染劑散發出阿摩尼亞味。

明天？

後天，在義大利。

那是我想去的國家！

頂著一綹綹裹了錫箔的白色髮束，加上雙眼緊閉，姿丹娜逐漸變成某種月亮徽章的模樣。

我們不需要簽證了，對吧？琳達問。

去義大利不用，我們不用。

妳應該決定好要穿什麼了？

是的，一件我母親的洋裝。

妳母親的！

她戰前在維也納做的。她會穿那件衣服去音樂會。

稍微往左邊斜一點……妳是音樂家？

不，我不是，是我媽，她有一小段時間是鋼琴家。

我想去聽她彈。

不過她去世了。

妳有檢查過有沒有蟲嗎？我是說那件洋裝。我們現在可以停一下。

是深綠色和金色，有蕾絲，姿丹娜說。

那種洋裝現在又流行回來了。如果我結婚，我也想要有一件和妳一樣的洋裝。萬一哪天我真的要結了，也許妳可以借我？

沒問題，如果妳喜歡。

我們的身材差不多。妳看起來比較高，因為妳的鞋子。做我們這種工作，妳得穿平底涼鞋，否則站不久。我們一天得站十二小時。妳的意思是，妳願意借我？

是啊。

不過我心裡還沒有人，連個影子都沒呢。好了，接著我們就是等它上色。妳是對的，當然這個時候能嫁到國外比較好。

琳達把閉著眼睛、滿頭銀光的姿丹娜留在座位上。

我看起來很糟。吉諾會說什麼？像春天從地窖裡拿出來的一顆老洋芋。煮了以後有噁心的甜味。皮膚鬆弛。嘴唇長了皰疹，眼睛有黑眼圈。還有我的頭髮，根本一團亂。也許我應該去染一下？染一些翡翠綠。該死。如果我把它往外拉呢？往外拉，像個寡婦用力往外梳！啊！啊！看！往後拉緊，看起來還不錯，對吧？綁緊，綁得死緊，把頭擺成恰似娜芙蒂蒂側臉的角度，這樣看起來就閃閃發亮了。我還需要一條絨絲帶，暫時先用橡皮筋綁一下。

琳達回來了，拾起整理過得一綹髮束檢查了一下，接著開始拆除錫箔紙。可以洗了，她說。我有個女生朋友是從特倫欽溫泉鎮來的，她也很幸運。她跟妳一樣，找到一個外國人，從柏林來的德國人。真是千分之一的機會啊。脖子會不舒服嗎？特倫欽溫泉鎮的情況很糟，真的很糟，比這裡更糟。她和幾個夥伴是走高速公路的，妳知道……就是長途貨車駕駛。特別是替德國人做，他們有錢。她差不多做了一個月，然後就碰到這個男人，沃夫朗。千分之一的機會啊。同一天晚上，他跟她說：來柏林。她就去了。水溫會太熱嗎？我們必須沖四次。到了柏林，他說他想娶她！有何不可？她在電話裡問我，我想沃夫朗愛我。千分之一的機會啊。

琳達用她強壯的手指，搓洗姿丹娜的頭皮。

妳那個溫泉鎮的朋友對他有什麼感覺？姿丹娜問。

琳達用指甲梳著頭皮說：那妳對妳的義大利男人有什麼感覺？

不是——丹姿娜說到一半停了下來，彷彿要把誤會解釋清楚實在太麻煩了。我想，我愛他，她如此回答。

當然，琳達說，她正用毛巾俐落地把姿丹娜的頭髮擦乾，妳們不是同年紀，所以情況不同，我不該忘記這點，但其實也沒差那麼多，有些地方還是同樣的問題，對吧？她開始吹頭髮，沒辦法繼續聊。

琳達做了最後的定型修飾，姿丹娜在鏡子裡檢視成果。

看起來很自然，琳達說，不會顯得太金，這已經是最不明顯的了。她舉起第二面鏡子，是三聯式的，還鑲了金邊，這樣顧客就可以同時看到後面和兩側。她摸著她顧客還很年輕的頸背旁的一綹鬈髮。

這樣看起來好多了，姿丹娜用很輕的聲音說著。這句話的意思是：我看起來愈好，妮儂就愈不會擔心。

琳達笑著回說：希望妳和妳的義大利男人是全世界最幸福的一對，我是真心的喔！

◆

瑪蕾拉跟我說，賈斯塔迪醫生還不賴，之前她膝蓋腫就是找他看的。於是我去看他，因為我嘴巴上的皰疹一直不消。他給了我一些軟膏，還說要幫我做一些血液檢測。他的桌上有一張鑲嵌畫，上面有駱駝和金字塔。他從背心口袋裡掏出一只放大鏡，檢查我的指甲。妳咬指甲？他問。我沒回答——他自己看就知道了。很快就會有結果，賈斯塔迪醫生說，總共兩萬元。

杜林東邊，這裡的路沿著波河南邊開，「莉塔」這個名字寫在一面塗成白色的高磚牆上。半公里後，同一個「莉塔」又出現了一次，這次是寫在一棟房子的尾端。第三次，「莉塔」出現在地上，寫在一個停車格的柏油上。有很多地方是以人命名，這些名字會隨著歷史的震盪而變換。但那條寫著莉塔之名的路，永遠會是莉塔的路，對那個愛著她的人而言，那個在某天夜裡因為愛上莉塔而帶著一點醉意或一點絕望、拎著一柄油漆刷、一根白色手把的螺絲起子和一桶白色油漆出門的人。

賈斯塔迪醫生讓門開著，請我坐下來。然後他坐到桌子後面，他從那裡可以直接看到金字塔和駱駝，然後，他戴上眼鏡，翻著一些報告，好像正在翻找電話號碼似的。他看起來，好像昨晚睡得很糟。

我已經等妳好幾天了，他說。

它消了，我說。

我想，妳必須去醫院做更多檢測。

我摸著嘴唇堅持說：它比較好了，醫生。別管它了。

我擔心問題不只是妳的嘴唇。賈斯塔迪醫生依然對著他的報告含糊地說著。然後他抬頭看著我，眼鏡後面的兩隻眼睛看起來像是被剖成一半的李子，他說：妳的血液測試……親愛的，這會是一大衝擊，但我有義務讓妳知道實情。妳知道血清反應陽性是什麼嗎？人類免疫缺乏病毒，HIV。

我又不是昨天才出生。

這就是檢驗報告所呈現的。妳吸毒嗎？

你自慰嗎，醫生？

我知道這是很大的衝擊。

我不知道你在說什麼。

妳已經感染了HIV。

一定是弄錯了。他們一定是把血液弄混了。

這種情形恐怕非常不可能。

一定是他們弄錯了！你一定要另外測一次。他們弄錯了。他們老是弄錯。

我看到那些金字塔上下顛倒。爸爸，你有聽到我的聲音嗎？我才二十四歲，我快死了。

信號員在聖賽巴斯提亞諾跨越波河，這裡的河面早就比一個村莊還要大，他用單手慢慢騎著，即使前面沒有任何車輛。

我打電話給瑪蕾拉，請她過來。我需要談談。我告訴她發生了什麼事。我的老天！她說。

越過橋後，信號員停下來，兩腳著地，抬頭望著天空，雙手鬆垂。

今天早上醒來時，我不記得了。有那麼幾秒鐘。有那麼幾秒鐘，我忘記了。我不記得了。親愛的神。

信號員握緊把手，轉動，拍到一檔。

我跟吉諾約好在維羅納碰面，我不會去。不去。決不。

信號員消失在蘆葦堤岸後方，現在他騎得很快，彷彿他對某件事情改變了心意。

聽我說，瑪蕾拉，這是吉諾信裡寫的，今天早上收到的：我穿了那件上面有維埃里照片的T恤，因為妳說他是妳最喜歡的足球員。我們禮拜二可以一起去海邊嗎？我老是看到妳，妮儂。我在馬科尼廣場架攤時，看到妳在另一頭的人群裡面。我在帕瑪，妳在摩德納，但我一天會看見妳四、五次。我認出妳的手肘，妳把手一伸迅速背起白色包包的姿勢，還有妳穿的那件中國皺絲洋裝和左邊屁股上的橘色火焰。我看到妳，因為妳已經鑽進我的皮膚裡。昨天，禮拜天，我賣了四十三件麗奇襯衫。真是個好日子。賺了一百五十萬。如果夏天一整個月都像這樣，我告訴自己，我們，妮儂和我，就去買機票飛到巴黎。我愛妳。——吉諾。我把信撕了，瑪蕾拉，我還把它沖進馬桶裡。它不會馬上沖走。那些紙浮在裡頭。

道路從兩座大農場間穿過，每座都有自己的田埕，自己的大門和方形建築物。在城鎮外頭，這塊平原上的所有民宅都是採用方形格局，希望能稍微抵擋一下讓萬物顯得渺小的無垠空間。當信號員和他的機車駛過時，兩座大農場都寂靜無聲。

爸爸，我躺在一張擔架床上，他們要把我推到走廊的某個地方，兩個穿白衣的男人，他們想著跟我無關的事情。你們要帶我去哪裡？我問。去內分泌科，其中一人親切回答。我不懂。反正這也不重要，躺在這樣一張擔架床上，它的輪子可以轉到任何方向，我就快就會被推出去了。

在克雷森提諾村，一支送喪隊伍一路從教堂蜿蜒走著，信號員不得不以跟他們一樣緩慢的速度，騎在最後幾名哀悼者尾端，他們戴著帽子，低頭行走。

瑪蕾拉打電話來。她已經不哭了，所以我也沒哭。我們不要叫它SIDA，她說，妳和我，只有我們的時候，我們叫它STELLA[9]。

沒什麼比平坦更能隱藏事物。在信號員馳騁的這片平原上，你對昨晚的暴力事件一無所知，直到你撞上那具屍體。

9 編注：「SIDA」是法文對愛滋病的縮寫，此處瑪蕾拉改以女性的名字「STELLA」稱之，藉此鼓勵妮儂。

瑪蕾拉，我收到吉諾寄來的另一封信，信上寫著：妮儂，我不知道發生了什麼事。妳放我鴿子。妳把烏龜戒指退回來，把它丟進信箱，半個字也沒寫。妳大老遠跑到克雷莫納，卻沒來見我。我甚至不知道妳什麼時候會收到這封信。但我會去找妳，我會繼續愛妳。有天早上，不管妳在哪裡，妳醒來時，會看到我那輛車身兩邊寫著「別緻衣款」的賓士車，停在妳的大門外。那天早上，妳最好是躺回床上。妮儂＋吉諾＝愛情。

這封信我沒撕。我用明信片回信給他，寫完裝進信封裡。我在明信片上告訴吉諾，他必須去做檢測，看看是不是血清反應陽性。我沒提我的情況，因為沒什麼好說的。這太明顯了。用印著維埃里的明信片，射門。

信號員正穿越稻田，稻田綿延到地平線盡頭，宛如一百面不規則的鏡子閃閃發亮。早稻的嫩苗在表層形成一片綠色浮水印。稻田是義大利政治家卡米洛的美夢之一，他在裡頭看見義大利變成富強之國。運河為了稻田興建。一八七〇年，第一批平滑、乳白、光亮、融在口中滋味無與倫比的義大利長米，在此收成、乾燥、裝袋。

我一無所有。我曾經有過的一切一切一切一切一切，全都被拿走了。

靜止的水面紋絲不動，不規則的水鏡倒映著天光。沒有顏色，沒有雲朵，只有機車上的信號員移動著。他騎得飛快。

我已經沒有資格把自己當成禮物獻出去。如果要我送禮給自己，我會送上死神。我會不斷地贈送，直到我死去那天。我走在街上，男孩們盯著我看，他們總是不斷提醒我，我是死神。來啊，靠近一點啊，一次，兩次，或一百次，假設我愛你，你就會死。除非你戴保險套，他們說。戴上保險套，你和你的死亡之間就會隔著一層乳膠，你和我之間的乳膠。乳膠牢不可破。乳膠孤獨，乳膠永遠孤獨，再也觸碰不到任何東西。

他駛越銀色水面，轉彎時幾乎沒減慢速度，有如腳上長了翅膀的信使之神墨丘利，他很少挺起背，大多時候都傾著身子，彷彿在聆聽大地，先是這一邊，然後是另一邊，滿懷憐憫地彎身傾聽。

我必須獻出一切，和世界一般古老、上帝所賜予的、止痛的乳香，味蕾的蜂蜜，永恆的承諾，絲滑的歡迎，噢，歡迎，歡迎，雙膝張開，足趾伸展——我所擁有的一切，全都被奪走了。

沒有圍牆，沒有堤岸或岩石可以回彈引擎的聲響，所以對信號員而言，他聽不見馬達發出的噪音。他聽到的只有呼嘯的空氣聲——就像你把海螺挨近耳朵時會聽到的聲音。他飆得愈快，呼嘯就愈高昂。以這種顫抖的氣流讓聲音飛翔。

我必須寄出兩張照片，一張身分證影本，和一張可以證明我住哪裡的電費帳單。

我太同情你可憐的命運，希臘悲劇家尤里皮底斯說，我將在眼淚中度過我悲傷的人生。

接著寄來一封信，通知我申請得到批准，我應該在星期四下午三點抵達南特矯正監獄。

信號員行經一排矮柳樹。在希臘神話中，當奧菲斯去冥府尋找妻子尤麗狄絲時，就是從柳樹上折下一截嫩枝隨行：柳樹的樹皮含有水楊苷，可以止痛，藥效類似阿斯匹靈。

我在山丘上的一條窄街裡找到監獄，離火車站大約半小時腳程。

我在最靠近的小吧裡點了咖啡和三明治。我不確定，見到他時我會做什麼。我怎麼會知道是他——我無法和其他人解釋。我做過的所有實驗室檢測是一回事，我的身體也有自己的實驗室，這座實驗室的檢驗結果告訴我，感染源百分之百就是他。就是他，我想要他面對我，面對我這個被他終結生命的人。我身上還沒出現瘢點，如果他現在看到我，就會知道自己做了什麼，就會知道那是多大的暴行。然後，我會殺了他。

進入監獄，兩名女獄卒抓住我的手提包，幫我搜身，強迫我轉了幾圈。一名刑警拿走我的文件。

那名廚師的藍眼睛、短頭髮和骷髏身材，全都沒變。他更瘦了。他坐得歪歪扭扭，兩隻腳比以前更大。我恨他。那個混蛋看到我走近時，有想起什麼嗎？他的笑容很假。

海浪的聲音是咻！他說，他朝坐在兩公尺外椅子上的獄卒點點頭。

他想警告我不要在獄卒面前亂講話。有什麼事？

你知道我為什麼來看你？

他沒說話。

我是來殺你的。

都已經那麼久了……

三年，我說。

我隔天有去找妳……

一次就夠了！我告訴他。

他低下頭。

他們在餐廳裡逮到我，他終於把話說出口。

我是來殺你的。你知道嗎？

你無法改變任何事，他說，你永遠翻不了身！他發出一個真心的笑容。

太可怕了，這笑容。所有的蹂躪都在裡頭。他不只變瘦，他根本是具骷髏。我想起那些在火車上的士兵和我們的隧道。在他的隧道盡頭，死神等在那裡，而他的火車幾乎就要開到盡頭了。他臉上有火燒紙似的瘢塊。一年後我也會變成這樣，或者兩年，或者三年，或者四年——最後一個數字是騙人的。我很快就會變成這樣，很快。

我現在住義大利，千里迢迢跑過來，就是要殺死你。

他相信我說的話。獄卒正在看書，打發時間。

反正我就快死了，他低聲說。

我也是！我告訴他。才二十四歲，我就快死了，我和你一樣！

當小恐懼變成大恐懼時，眼睛會瞪大。此刻他的雙眼就像這樣。

這不可能，他小聲說，他的聲音不見了。

我也是這樣說的。我說這不可能！但它千真萬確！

老天爺！

五分鐘過去，我們兩人不發一語。我們的雙眼在彼此身上巡梭，從一處到另一處：手腕、鎖骨、頸部肌腱、耳垂、髮線、眼袋、鼻毛、碎裂的牙齒、顱骨、頷骨。然後我們目光相遇。我凝視他的藍眼睛，他凝視我的。

對不起，他咕噥說。

這什麼鬼話，我對自己說，當別人打嗝或踩到你的腳趾頭時，也是說這同一句話。所以我要尖叫，聲嘶力竭地尖叫。

我肯定是叫得非常淒厲，因為我身後的獄卒用一隻拳頭頂在我的肩胛骨中間，把我押出會客室。

我想我剛剛大喊著：我們全都快被赦免了！你有聽到我的話嗎，廚師？你有聽到我的話嗎，獄卒？我們全都快被赦免了！

路上都是礫石，所以信號員放慢速度。

爸爸下了機車，從皮夾克口袋裡掏出這個盒子，上面綁了緞帶。裡面是里昂枕夾心軟糖。它們真的是枕頭的模樣，但比咖啡匙凹下去地方還要小！它們的顏色是很漂亮的綠色，裡頭有銀色的紋路，會讓我想到緞子。從它們的形狀就可以看出來，這些迷你靠枕跟真正的枕頭一樣軟——如果它們是真的靠枕的話！它們不是真的，當然。它們太小了，那個銀色是糖，綠色是薄荷，杏仁口味。當你咬下它，牙齒會穿越杏仁味的外皮，找到松露巧克力。爸爸從格勒諾布爾回來那天晚上，我沒有吃，隔天我帶到學校，跟潔兒、珍妮還有安奈特一起吃，我們全都同意，我們只想嫁給那些保證會不斷供應里昂枕軟糖給我們的男人。

馬路上傳來柏油的味道。

我有很多老朋友都已經躺在墓園裡了，吉諾，比我在天堂酒吧的朋友還要多了。我會比你早去那裡，如果你不裝傻的話，就會知道這是很自然的事。我知道我在說什麼，處理這個我已經很有經驗了，吉諾。自從你母親過世後，我們從沒好好談過，你和我。我不期望你用我的方法做生意——你有你自己的一套。我以你為傲。不過今天晚上，就這一次，我有話要說，所以聽我說。**停止**，吉諾。做個了斷。這就是我要說的，**停止**。我不知道你的這個女朋友是誰，我沒見過她。她是個法國人，你說過。她們很容易飄走，那些法國人。隨著黑夜飛走。你的女朋友也許是個例外，她也許是馬路上最棒的長期貨車，你的女朋友也許就跟演員珍娜·露露布麗姬妲一樣漂亮，但是她受到詛咒了。如果她染上這個可怕的病，她就是受到詛咒了。更糟的是，她還很危險。說起來這真的很可憐。她落到一群毒販手裡，他們一起施打毒品，他們用同一個針頭，他們一塊爽了一回，現在則要一塊死。可憐的孩子！但這無法改變事實，她很危險，吉諾。你有你的方式，但是她很危險。光是一條手帕掉下來，她就會把上面的污染傳給你。讓她走，吉諾。在我聽來，她也是在請求你做同一件事。答應她吧。讓她走……**停止**。不然，你會比我先進墓園。

尚·費雷羅離開主路，打算穿過卡薩萊蒙費拉托。他騎的這條街很窄，有著雙層連拱廊。房子的屋頂上和通道間，都可聞到淡淡的酒酸味。該區所有的葡萄酒，全都運到這裡販售。馬路旁邊的連拱廊，就跟姿丹娜公寓裡妮儂的房間一樣窄。波河岸邊聳立著蒙費拉托公爵的城堡，政治家卡米洛曾經住過那裡。

在醫院電梯裡，大家盯著我看。訪客、清潔人員、病患、學生。他們全都知道。他們不清楚這已經發生了多久，不清楚是什麼時候發生的。他們不清楚我的T4數值。但是他們知道。我馬上就能從他們的眼神裡看出來，流露在他們眼神裡的共同性，比他們的所有差異更顯著。如果我能瞄到一個不知情的人，我會想親吻他，或說用眼神親吻他。在其他人眼裡，在那些跟自己說「她得到那種病」的人們眼裡，可以看到恐懼。恐懼可能伴隨著某種憐憫，但真正的憐憫不是這樣。真正的憐憫，是波松寡婦對被壓在摩里耶訥火車下那個男人的感覺。恐懼就是恐懼，即便它很小，有所節制，而且伴隨著憐憫。在那座電梯裡，有十七個心懷恐懼的人盯著我看，我一一點數。我們還沒抵達肝膽腸胃科的樓層。於是，我伸出舌頭，跟我自己說：如果他們裡頭有一個人笑了，今晚我會睡得很好。沒有人笑。就在我走出電梯踏進十五層樓的那一刻，我聽到一個男學生小聲罵了一句：妓女！

道路正離開波河南岸的瓦倫札，路標出現S型彎路的警告。尚．費雷羅調整引擎轉速，打到三檔，騎過彎道頂點後右轉，讓車身的傾斜程度略略超過安全範圍，就在他貼近右邊路肩的那一刻，他變換屁股的重心，斜向比前面更急的左彎道。接著，當直路在他面前展開時，他沒有如預期般的加快速度，反而是打到二檔然後空檔，讓機車停在草地邊緣。

剛剛騎進彎路時，信號員注意到一樣東西。現在他往回走。路邊有座小神龕，約莫電話亭大小。生鏽的龕門上半部，有個打開的鐵柵。裡頭的石拱下面，有尊聖母像立在基座上。聖母後方斑駁的藍色牆面畫了花朵。尚用雙手輕輕抓住柵欄，凝視裡面。聖母穿著藍色衣服，頸子和臉龐是淡玫瑰色。她的頭微微斜傾，鬆垂的手臂略往外轉，他可看到她的掌心。尚從小就沒有祈禱的習慣，而且那時候的祈禱算是某種背誦，是由神父像樂隊指揮一樣領著他們進行。該怎麼做呢？他是個實際的男人。他可以在後門下面做個活門，讓小狗小貓進出，但是隔著一道柵欄，是要怎麼祈禱呢？我是從他站在那裡的肩胛骨姿勢，看出他的疑問。而且我知道他會怎麼回答。當他要裝窗戶或裝門扇的時候，他會先把窗框或門扇拿出來，比對一下等會要裝的位置；然後他就會比較清楚下一步該怎麼做。於是他如法炮製，先提出他們的痛苦，把痛苦說給聖母像聽。透過他的肩胛骨，我聽到他說的話。

我不習慣禱告。我是不是該看著妳？因為妳往下看，所以我也照著做。她就快死了。她會病得愈來愈重，然後可怕地死去。完全沒辦法抵抗。這種病和其他病不一樣。他們不是用病這個字，他們把它叫作反轉錄脢病毒。好像這樣就可以知道它是什麼似的。罹患其他疾病，死神是在某天突然出現，掐掉你的氣息。但這種病，妮儂得的這種病，卻是一種差事，被生命慢慢放棄掉的一種差事。它是生命承擔的工作，目標是要讓你倒下去，一個部分接著另一部分倒下去。妳聽懂了嗎？神的神聖之母？她的能力一項一項失去了，再也沒有夜晚，沒有星辰，只有一個地窖，她永遠無法從那裡走出去，也沒有其他人能待在裡頭。他們給了她一堆藥，那些藥讓她不舒服，但是能讓她的死亡暫停片刻。在這個片刻裡，有痛苦，有時間，但是沒希望。她也是妳的女兒啊。沒有什麼好求的，卻又所有一切都想求。請教導我們，如何將沒有變成所有。聖母馬利亞，大多數人都別過臉去。但妳不會，因為妳是雕像。他們害怕，我也害怕。妳能保持鎮靜，因為妳是一尊雕像。

如何把沒有變成所有？

檢測結果是陰性，吉諾在電話中說，我是乾淨的。

請一直保持下去，我告訴他。

我想見妳。

我們什麼也不能做，吉諾。

妮儂，這沒什麼差別……

你說這沒什麼差別！我的人生被殲滅了，而你說這沒什麼差別。也許對你來說是沒什麼差別！

我想要見妳。

不。

一次就好。

要幹麼？

禮拜五早上。八點半我開箱型車去接妳。

我要工作。

請一天假！

他沒等我回覆就掛了電話。我究竟想要什麼？我甚至不知道我想要什麼，我甚至不知道我自己想要什麼，難道這就是孤獨的開端？

信號員依然戴著安全帽，他跪在草地上，他的頭抵著神龕生鏽的鐵門底部。現在我聽到的話，是由許多聲音的和聲說出來的。

神無能為力。他的無能為力是出於愛。如果他有權有勢，他就無法如此愛人。親愛的神在我們的無能為力中與我們站在一起。

他站起身子，就好像剛剛他跪下來是在尋找他掉落的某樣東西。然後，他一邊走開，一邊脫下他的安全帽。

吉諾帶我到一個叫作齊貝洛的地方，那裡的河面非常寬，超過一公里，河中有幾座小島。我們從他的賓士箱型車上下來，車廂後面裝滿了襯衫和襪子，他不發一語，用手領著我走向架在河上的一道木棧橋。好幾艘小船停在旁邊，沒有其他人。我穿了那雙白色涼鞋，因為鞋跟的關係，我往下盯著橋板與橋板間的縫隙，不想走過去。而且我看到那裡有隻死貓浮在水面上。

不要，我說，帶我離開這裡！帶我去公園，或去克雷莫納找家正經的咖啡館。

妮儂，別緊張。我帶妳來這裡，是要讓妳看個東西。

那要快一點。

妳有看到那座島嗎？

樹都長到水裡面那座？

對，我們就是要去那裡。我們要去那座島。

去幹麼？

跟妳躺在一起。

結束了，吉諾。我再也不想跟你做了。

我還是要帶妳去哪裡。

你知道我可以殺死你，吉諾。我只要把我的一抹血從你的牙齒抹過去，你就會死，而且是很恐怖的死法，慢我個一年或兩年。

等我們去到那裡再殺。

這沒意義，對我們兩個都沒意義，而且我說了「不要」。

坐在靠枕上。

我爬進去時，船晃了好大一下，發出一陣噪音。除此之外，這條河倒是寂靜無聲。

船在水裡變得很低，我告訴他。

妳知道它們叫什麼嗎？這些船，妮儂。

什麼？

它們叫作barchini，平底船。威尼斯人的鳳尾船就是從這裡來的。在一條像波河這麼大的河川上，你必須隨時都能看到你要去的目的地，你不能像白癡一樣亂划一通，你也不可以像划普通小船那樣頻頻回頭看，你必須知道你想去的目標在那裡，你必須睜大眼睛，否則河水就會把你捲走，就像她捲走那邊那棵大樹一樣，我已經看過她捲走很多牛隻和卡車。因為這樣，所以有人發明了這種平底船，讓你可以一邊划一邊看著你要去的地方。

吉諾和我獨自划行在無邊、不透明的黃褐色水面上。我們低沉在水裡，低到我根本看不清水的盡頭。我看不到河岸。一株灰色大樹的樹幹從我們旁邊漂過，有隻鳥棲停在它的一根枝枒上。

看那隻鳥！

那是一種鷸，吉諾說——一種「piovanello」。

我扭來扭去想查看我們要划向哪裡。我們正朝那座小島筆直前進。

沒有意義，對我們兩個都沒意義！我重複說。

他點點頭，但他全神貫注划著那兩支槳。他站著划，朝那兩支船槳傾身向前，好像把那兩支槳當成枴杖。每划一下，他就會讓那根枴杖的腳抖動一下，就好像狗從水裡爬出來把一隻腳抖乾的模樣，不過吉諾不會在水裡面抖槳。放眼所及看不到任何人影。

你常來這裡？我問他。

沒有，自從佩德羅淹死之後就沒來了。

淹死？

在上游，克雷莫納跨越波河那裡的鐵路橋梁。

他為什麼淹死？

他掉到河裡。

他不會游泳？

他會游泳，他會。

我看著吉諾。他還在抖槳，一支接著一支，像狗的後腿，他還是高高地站在那裡。我把手伸進水裡，很冰。你看不透它，它就跟毯子一樣不透光，連牛奶都比這裡的河水更清澈。

小時候，我常跟我爸騎他的摩托車翻越牧羊人住的山嶺。

我為什麼要跟吉諾講這些？我知道為什麼。因為一兩分鐘前，平底船轉了方向，我感覺到有股力量揪著我們，這讓我想起老爸摩托車的馬力。它的拉力又深又沉，而且沒什麼變化，它的馬力沒有任何人可以抗衡。我瞥了一眼遠方的河岸，知道我們正在快速移動，不管水面看起來有多平靜。

我們錯過那座島了，吉諾。我們錯過了。

水流正把平底船往下游扯。沒東西能阻止它。現在四面都是水。在山裡，冰河也會做同樣的事。河流很快，冰河很慢，但是沒有東西能阻止它們。

吉諾，我們在做什麼？

我們在渡過那座島。

我突然懂了：他想要殺死我。他想，這會是比較好的死法。也許他想殺死我們兩個。在波河上同歸於盡的自殺協定。但這不是協定。他沒問過我。

停下來，吉諾，停下來！把我們弄上岸，我想喊停！

他一直傾靠在很像柺杖的船槳上，搖著頭。別害怕，妮儂，我知道我在做什麼。

他的話讓我鎮靜下來，我不知道為什麼，也許他在說謊。我閉上眼睛。波河的強大力量把我們拉開，就好像你掉進睡眠時的那種力量，無法抵擋。雖然我雙眼緊閉，但我知道這力量千真萬確，不是我想像出來的。在我額頭位置的河上空氣是冷的，因為我們正在加速。

把我們弄上岸！我不想死。

很久以前，那時我的眼睛還是睜開的，水面非常平靜；只有當它碰到某個無法依它自己的速度帶走的東西時，才會形成波浪。現在，我的眼睛閉著，我可以從我的屁股，從我坐在上面的靠枕感覺到，有一股洶湧的浪潮，像怪物一樣瘋狂起落，把小船和船上的我們高高抬起。最糟的是，這股湧浪非常有耐心，因為它告訴我，現在承載我們的是液體，是無法阻擋的，而且遼闊到不可能注意到我們。

有個像是粗繩的東西劃過我的臉頰。我抬起手，一根柳枝滑過我的手指。我試著抓住它，它把自己從樹上撕扯下來。

我不敢相信我的眼睛。我們已經來到遙遠的河對岸，而且河水平靜。

搞什麼鬼，你現在到底想要幹麼，吉諾？我說。

我們往上游划，他說，然後穿越波河的另一個分岔，我們就能抵達小島。

你不可能逆流而上。

如果我們從這邊靠近小島的那一角，那裡沒有滾流。

我覺得我們會淹死。

妳應該更相信我，他說。

你確定在島的邊角那邊沒有滾流？

他點頭。

你到底要給我看什麼，吉諾？

怎樣抵達那座島。

這沒意義，沒有，吉諾。沒意義，沒有。

如果妳不想去，妳就下船，他說。

我們他媽的為什麼要去？

看看我們可以怎樣去到那裡。

是要證明你是一個很棒的船夫吧！我告訴他。

不，是要讓妳看到，我們可以怎樣一起活下去，妳和我。

我照吉諾說的做。我沒下船，氣得從那座島的岸邊拔起一撮長草，把它帶回家。吉諾的草。

◆

尚・費雷羅是意外發現那家披薩店的，因為他在石油小鎮柯爾泰馬焦雷轉錯彎，於是向人詢問通往克雷莫納的路該怎麼走，這時，門邊一群談笑的男人吸引了他的注意力。店裡有張長桌，就擺在用餐大廳的正中間，三十幾個男人圍著長桌坐著。牆上貼著白磁磚。他發現靠近烤爐的地方有張小桌子，從那裡他可以留意停在街上的摩托車。

路西亞諾，披薩店的老闆，穿著背心忙碌著。吃東西的男人們大多也都光著肩膀。尚・費雷羅把他的頭盔、夾克、手套、襯衫，全都掛在衣帽架上。有些男人頭上戴著營建工的報紙帽，其他人則是戴著紅黃兩色的大盤帽，上面印著石油公司的名字。這場面看起來很像政黨集會。每一天，他們每個人都會圍著那張大桌坐在同一個位置上，所以每個人都知道坐鄰座那個人的痛點，知道該替他倒多少酒或多少水。比較年輕的負責倒酒，比較年長的負責解說世界局勢。

路西亞諾用拳擊教練逗弄拳擊手的姿態捶打著麵糰，麵糰大約是單隻手臂可抱住的大小。打著打著，他突然離開烤爐，整個身子傾靠在覆滿麵粉的櫃檯上，對著尚喊說：在披薩店裡，如果沒有笑聲，烤爐就烤不出好披薩——這你肯定有聽過吧！

一名女侍，艾麗莎，服務所有男人。從她端盤子和拿水瓶的姿勢，還有她閃開那些毛手毛腳的技巧，尚看得出她充滿自信。她的年紀和妮儂差不多。

誰點西西里披薩？

這裡，小麗莎，奧泰羅點的，這裡。

妳今天怎麼這麼嚴肅啊，小麗莎，昨晚沒睡好嗎？

他搞得妳一整夜沒睡嗎，小麗莎。

四季，她唱出菜名，誰點四季披薩？

艾麗莎的手腕也跟妮儂一般細。

小麗莎！給我們一個笑容和一些水！

我是從一頭騾子起家的，費德里科插話說，今天我的回收場是全倫巴底最大的，十五公頃的廢金屬。我睡不著，一直想著吉諾的事，所以我在我的廢金屬堆裡走來走去，它們散發出一種平和的氣息，這平和是來自於它們的寂靜。我收來這裡的每一個寶貝，當初都是為了發出動作而製造的，就像人們說的，用來運轉。（笑）現在，它們每一個都變成靜物，一動也不動，由成千上百個幾乎一模一樣、一動不動的靜物包圍著。今天的氣溫肯定低於冰點。在某些貨堆裡，金屬正在講話，我還沒重聽。它們在寒冷、結冰的空氣裡發出尖嘯的聲音。如果我停下腳步，專心聽，它們會尖叫出一整個句子。當氣溫低於零度，金屬有時就會這樣。就像在令人窒息的夏夜裡，薄金屬會隨著累積的暑熱開始唧唧叫，跟蟬一樣。我已經跟你解釋過了，法律顧問，所以你會做好萬全準備，替我辯護對吧。我現在要跟你說明，我是怎麼下定決心的。我很鎮靜，辯護大人。我那堆金屬正在發出聲音，但是它們沒有打擾到今晚的寂靜。

而且它們的智慧並不暴力。就是因為這樣，所以我回來辦公室，自己平心靜氣地待在這裡，然後確定，確定明天要做的事。這樣可以讓她少受很多苦，反正她已經被詛咒了。而且如此一來，吉諾也能得到拯救。等到他們把我帶上法庭，辯護大人，我會在你的協助下，把這悲慘的情況全盤托出，到時，全國每一位做父親的，都會支持我的決定。阿索拉的廢鐵人將會被稱為民族英雄。但我是為了他們做的，他們兩個。哪一把槍最好呢？我正在想我的貝瑞塔九二一，那是我跟一個薩丁尼亞律師買的。也許你也認識他，辯護大人？阿哥斯提諾，他的名字。他說他買這把槍，是要在卡尼亞里自衛用的。那裡的律師需要槍，他把槍賣給我，還附了一個鋁盒。

妳是我每天的幸福，一個戴報紙帽的男人對艾麗莎說。

你想現在結帳嗎？艾麗莎問尚．費雷羅，他正像個聾子似的盯著打開的烤爐看，路西亞諾剛從裡面鏟出另一塊披薩。

我靠太近了，吉諾，我看到她眼睛裡的痛苦，那痛苦實在太多了，多到裡頭再也裝不下任何東西。然後，她開始笑，我下不了手。我乾了我的咖啡就走了，我下不了手。

你想要現在結帳嗎？艾麗莎第二次問尚．費雷羅。

你有看到那堆火星塞嗎？多到可以填滿一輛鐵路火車。吉諾，原則上它們的瓷可以回收。所有東西都必須做好分類。把同樣的擺在一起，把不同的分開放。這就是我做了一輩子的事。人們把所有東西混成一團，把所有東西丟到同一個地方，他們就是這樣製造出垃圾。根本沒有垃圾這種東西，垃圾是我們把東西亂丟所製造出來的混亂。

你告訴我，你沒辦法放棄她。你想要，但你做不到。這是垃圾話，吉諾。事實是，你不想放棄她，而且你非常清楚你做得到。她叫你離開，她說過很多次了。而且你離開她也不會有任何人說半句話，因為你們不會有未來。你跟她的未來，不會比堆在那裡的散熱器更多。更何況，**離開**完全是一個錯誤的字眼。要離開，你們得要先有同一扇大門，但你們根本還沒住在一起，根本沒有離不離開的問題。只有不要繼續走下去的問題，只有停止的問題。而你呢，你想要繼續走下去。我不問你為什麼，因為這就像我問為什麼世界上會有一種金屬叫作鎢，鎢就是在那裡啊！（笑）

愛也是。就你的情況，愛就跟鎢一樣重。你想把你能給的東西全都給這個法國女人。那麼接下來，把事情一樣一樣分清楚。你愛她。她快死了。我們都會死，但她很快就會死，所以要快一點。你們不能有小孩，你們不能冒險把那個討人厭的東西傳給下一代。

古人相信，金屬是在地下生產出來的，它們全都是，把汞和硫配在一起生出來的。用保險套，吉諾，然後娶她。你娶的是一個女人，不是病毒。廢鐵不是垃圾，吉諾，娶她吧。

◆

電車轉彎，車輪軋著軌道尖叫。經過姿丹娜公寓窗戶下的這輛電車是十一號。姿丹娜正在有磁磚爐子的房裡燙襯衫。地板上躺著一個打開的行李箱，已經裝滿了。

我以前常常幫克萊兒姑媽曬衣服。我們一起抬著塑膠盆走到外面的花園——可以讓小貝比在裡頭洗澡的大盆子。那是我永遠沒機會做的事。盆子是藍色的。花園的草地裡有鵝。我們把洗好的溼衣服一件一件拿起來，吊在繩子上，用夾子夾住。我把夾子放在圍裙裡。夾子是塑膠做的，有紅色和黃色，像小貝比的玩具。我的所有小貝比都被殺死了。

每當我們把所有衣服曬完，看著它們在吹往下方峽谷的風中飄揚時，那場面總是讓我吃驚，我和克萊兒姑媽竟然能從盆子裡拿出這麼多東西！多到可以填滿一整座花園！當我看著吉諾從他的箱型車上卸貨時，也有同樣的驚訝。實在很難相信一輛賓士D320居然能塞這麼多衣服。吉諾的遮篷有木頭做的輪輻，看起來像一朵巨型的高大環柄菇，他開始在遮篷下面排放牛仔褲、背心、獵人夾克、帽子、泳褲、襯衫、毛衣、短褲、頭帶、圍巾、西裝、雨衣、涼鞋、浴袍、睡衣。他不讓我幫忙卸貨。妳可以跟客人聊天，他說，他們會買東西博妳一笑！他正在賣一種浴袍，我把它叫作「埃及風束腰外衣」，他在吊軌上掛了一張紙板，上面就寫著：埃及風束腰外衣，九萬九千里拉。

另一天，他派我到箱型車上幫客人找一件超大襯衫，那個客人超級胖，感覺要一頂錐形帳棚才放得下他的一件襯衫。翻找時，我在一堆泳衣後面注意到一樣東西，看起來像是一封信，上面有吉諾的筆跡，用透明膠帶黏在箱型車的金屬邊條上。他是寫給誰呢？我問自己，為什麼要貼在那裡？我看得出來，那不是庫存清單。

於是我蹲下來讀，裡頭的內容約莫是：妳很美，我的愛，妳身上沒有任何瑕疵。妳的唇，我的摯愛，滋味有如蜂巢：蜜與奶都在妳的舌下。而妳衣服的香氣，宛如我家的香氣。妳，我的妻，是我的花園，一口祕密湧泉，一座無人知曉的噴泉。妳衣服的香氣，宛如我家的香氣。下面用大寫字母寫著我的名字：NINON。

我連忙衝出箱型車，當著眾人的面對他大吼。說他撒謊，說他是騙子。

那是從《聖經》抄下來的，他說。

去你的，我告訴他，你明明知道我得了……

在我瞎了的雙眼前方，出現某個東西，它似乎是這故事的一部分，但我不知該怎麼形容。

那個十字架，不是用雪松之類的高貴木材做的。它是普通的木頭，用來做混凝土模板那種。基督的頭髮和他的頭一起向前垂下，遮住他的一隻眼睛，落在他的半邊臉上。刺穿他雙腳的釘子，以及用戴了手套的雙手硬往他頭上拽拉的荊棘冠，都是人類殘酷的永恆明證。這種殘酷無所不用。正因如此，基督有一具肉身，他的肉身也是被愛著的。他遭到背叛、遺離、棄絕，但他是被愛的。他的肉身，那具蒼白、脆弱、注定要死的肉身展示了這份愛。別問我為什麼。問那些罪犯，問孩童，問抹大拉，問母親們……

姿丹娜放下熨斗，把襯衫摺好，擺進裝了其他衣服、小包和盥洗用品的行李箱最上層。她跪在地板上，把行李箱蓋好，望著窗戶外的那株洋槐。她忘了什麼嗎？

克萊兒姑媽喜歡鳥。她的鵝有紅色的嘴巴，我放學回家她們馬上就會知道，我一轉進我們家那條小路她們就會知道。姑媽聽到她們嘎嘎叫，就會走到外面跟我講話。她們永遠在那裡，每天早上叫我起床，守衛這棟房子，下蛋，她們從不忘記每分鐘抬頭兩次看看誰又來了然後嘎嘎叫，如果草長得太長害她們看不到後面，她們就會用看起來像烙鐵的腳腳把草踩平。如果鵝的某隻腳受傷了，她會一跛一跛的，就跟我的腳受傷時一模一樣。

◆

波河沿岸，此刻的氣壓非常沉重，重到燕子必須飛在膝蓋的高度，才能捕捉到那些被壓垮的昆蟲。在國道三四三號旁的小村裡，沙塵和母雞等待著，翹起一隻腳，張開嘴巴。電流瀰漫。平交道的橫桿緩緩降下，警鈴響起，紅燈閃爍。尚．費雷羅減速停下，雙腳落地，腰背挺直。

好啊，爸爸，為什麼不呢？帶我去雅典過復活節。如果可以的話，我想環遊全世界。這樣我就可以知道我是在跟什麼樣的世界道別。不過，去雅典，你的錢夠嗎？

一輛貨運火車駛過。信號員算了一下，共有六十四節車廂。接著，第一滴雨降落。一開始稀稀落落的，每一滴都像一顆水之莓擊中柏油路面爆炸開來，將裡頭的迷你種子濺向四方。他把身子俯向油箱，讓機車火速駛離。隨著它們的速度不斷飆高，雨落下的速度也愈下愈快，波河上充滿了波紋，船夫看不到對岸。他不得不掀起安全帽的蓋子，因為什麼也看不見。雨水打在他的眼睛和周圍的皮膚上，這時，他看到皮亞德納的指標，他正騎進這個小鎮。

廣場空無一人。他停下車，衝到最近的門廊下躲雨。一進到屋簷下，他連忙把身上的雨水抖掉，那裡有一群小學生正在入口大廳等待暴雨下完，他們盯著他看，活像他是個喜劇演員。

下雨了，他說。

我們早就習慣了。它經常在我們頭上發火尿尿。

這是你們的學校？

這裡是博物館。

博物館？

考古學博物館。我們來這裡打針，破傷風。在後門外面，有個紅十字會的駐所。

有時波河還會有洪水喔！另一個小孩大叫著，洪水，洪水！

如果波河衝破這裡的堤防，沒有任何東西能擋住它！

上一次是十一年前！

十四年！

十一年！

博物館在哪裡？

穿過那個大門就是了。

他把大門推開，踏進一條昏暗、無人的長廊，沿著一排雕像往前走。長廊的屋頂是天窗，剛才的大雨已經變成冰雹，狠狠地在天窗上咔嗒敲著，他把安全帽又戴回頭上，深怕那些冰雹會砸破天窗上的玻璃板。

他穿過一盤盤古錢幣和一層層舊陶器。接著走向一個展示櫃，往裡頭看了一眼後，他用兩隻手臂把櫃子按住，彷彿那是個彈珠台，兩邊還有操縱桿似的。

裡頭有一條金項鍊，躺在一小塊積了灰塵的棕色天鵝絨上。解說牌上打了一個日期，西元前一五〇〇年，後面還加了一個問號。

那條項鍊是由一根根金色管子串在一條線上，每根管子的長度都不比小孩子的手指甲寬，每三根管子後面串了一片山毛櫸葉，跟真實的葉片一樣大。不過項鍊上的葉子是用黃金打出來的，比自然界的任何葉片都來得薄。葉片上的葉脈是陰刻，每個鑿痕都像銀灰髮絲般閃閃發亮。

戴上這條項鍊，走動時，那些葉片會在她的胸骨和鎖骨上撲飛。立定後，它們會隨著她的吐息顫動，輕盈且閃耀著金屬光澤，帶著清脆的聲響。戴上這條項鍊，會感覺全世界每一棵樹上的每一片葉子，都在保護著自己。

信號員搜尋著玻璃蓋的鉸鏈，它鎖住了。他從口袋裡摸出一把刀，檢查玻璃櫃下方，他有點猶豫。最後，他把整個櫃子抬了起來。項鍊的葉片在櫃子裡面顫動。他把玻璃櫃抵著胸膛，雙手環抱走了好幾步。

我聽到一個女人的聲音，說著荷馬時代的希臘語：卡里亞斯，自從你出航之後，已經過了好久了。你在哪裡？靠近一點。我脫了衣服，卸下項鍊，我的金葉項鍊，然後過了很久——在你遠颺的那段時間裡，那我選擇不去記憶的一切，或許就是在我們一度沉睡之後——我躺下來，髮絲披散在靠枕上，我轉身，讓左肩懸在空中，右頰抵著床單，宛如你就在我的旁邊，就在我的身後，你躺著，左大腿抬夾在我的兩腿之間，它往上頂，讓我騎在上頭，而我的右腳往後伸，直到觸到你的左小腿，然後我們的腳踝相碰，我們雙腿交纏，你的左手從我下方穿過，握著我的乳房，你的另一隻手從我上方橫過，握住另一隻乳房，你的唇貼在我的頸背上，你的鼻擱在我的枕骨凹處，彷彿我倆已化為一體，卡里亞斯，我的左手托著你的臂……卡里亞斯。

信號員在博物館裡把櫃子放下來。他很想把項鍊偷走。他願意買下它。他希望女兒能戴上它，他很樂意把項鍊送給她。他期盼她能永遠擁有它。儘管千般不願，它還是得留在皮亞德納這座搖搖欲墜的博物館裡。

外面的街路可以嗅出灰塵洗去的味道。燕子飛得跟廣場上白教堂的鐘樓一般高，而且，一如每一次的雷雨過後，人們走出家門檢查周遭，彷彿新的世紀已然破曉。

三位年輕人占據其中一張石頭長椅：兩名穿白T的年輕男生，和一個穿格紋背心的女生。他們面帶笑容，抱著膝蓋，斜靠在彼此身上，一起等待，一副經常等待的模樣。在這塊天際線一無隱藏的平原上，在一個類似皮亞德納的小鎮裡，他們等待著生命中的一些重要時刻。當這些時刻抵達，它們來得快也去得急。在那之後，一切似乎都不同了，然後他們再次等待。時間在這裡，往往很像運動員的時間，這些運動員準備了好幾個月或好幾年，只為了一場持續不到一分鐘的表演。現在，他們看著摩托車騎士駛越廣場，離開他們的小鎮。

姿丹娜站在五樓樓梯間的寬闊平台上，那裡既沒地毯也沒壁紙，只有打磨過的木頭扶手。她已經把行李箱擺在樓梯頂上。透過公寓半開的門扉，她的目光在穿衣鏡、書桌、落地窗的蕾絲窗簾、朋友們懶躺聊天的扶手椅，以及擺滿文件的咖啡桌上留連。她穿了一件機能性的束腰風衣，用極為緩慢的速度轉動鎖孔裡的鑰匙，盡可能不發出任何聲響，就像母親把孩子哄睡後踮腳離開房間那樣。

吉諾希望我們結婚。我跟他說過一千次「不」。不過上禮拜我說：「好吧。」因為我想起吉諾的草，它就吊在我的床頭上。

結完婚後我們一起去旅行，他說。

去哪裡？

我還沒決定，等我決定了，我就會告訴妳。那是祕密。一個驚喜，他說。

我知道我想在哪裡舉行婚禮。

告訴我。

在波河注入大海的地方！

沒問題，他說。

我說，我們會手牽手！就這樣，沒別的。

我有個姑媽住在戈里諾，沒有比那裡更靠近海的地方了。我們可以在她家結婚。

六月，我說。

六月七日。

吉諾知道每一年的每一天是星期幾。這是在市集工作養成的習慣。

禮拜五，六月七日，在戈里諾，他說。

◆

尚．費雷諾此刻馳騁的模樣，讓我想起尼科斯。尼科斯來自雅典的吉濟區。我們經常一起游泳，在我瞎了之前。尼科斯特別喜歡從瓦爾基札的岩石區潛進海裡。他鄭重地走到岩石邊緣，站在那裡，兩腿併攏，深呼吸，彷彿他已經離開自己的身體。他不在身體裡，而是把自己的身體交給了一名潛水員，而他，尼科斯，如在他方。潛到水裡之後，當他為了再潛一次而爬出水面時，溼的是那個潛水員，而不是他。尼科斯的靈魂正在空中的某個地方，看著大海、潛水員、岩石和太陽。信號員行駛於維亞達納和貝甘蒂諾之間時，也有同樣的神韻。他的靈魂離開了椅座，在空中看著他的機車、道路和那名駕駛員。那是波河北岸的一條小路。

我們爬著學校上方的那座山，小心踏出每一步，不讓石頭滾下去，除呼吸聲我們沒製造任何噪音，哨兵不會聽到我們來了，等我們爬到山脊上，如果今天土撥鼠在那裡的話，我們就能看到牠們。老師說牠們上個禮拜醒了。雪溶化的時候，牠們就會醒過來。雪沒了之後，牠們會覺得冷，也會覺得餓，牠們五個月沒吃一口東西，已經把所有的脂肪都用完了，牠們的骨頭很痛。於是，牠們揉揉眼睛，血液又砰砰跳了。土撥鼠的哨兵站起身子，正準備吹哨。他看到我們了。他問，是誰來了？是朋友，我回答。

如果哨兵現在問：是誰來了。我會回答：黑死病。

當信號員和機車順著大河流轉，他們結合成一個完整的生物體，指揮和行動之間的落差不會多於一個神經突觸，這個單一生物體，肘腕放鬆，黑色胸膛連著紅色軀幹，趾尖向下，腳底板朝著後方道路，尚．費雷羅依然在空中俯視著這個生物體，即便在這個時刻，他往下看著正在馳騁的自己，感覺到自由，依然背負著不可能擺脫的痛苦。

爸爸的機車非常大，跟鵝一樣大，寬寬矮矮地立在地上。我愛他的機車，總是坐在他後面。當我脖子痠了，就把頭靠在他背上。它是我們的摩托車，當我們騎過摩里耶訥的鋸木場後，它讓地球變傾斜了，快一點，再快一點。

靠近聖貝內代托渡口，尚．費雷羅停下機車，上了鎖，朝河邊走去。這裡的河面有一公里寬。河岸築了一道堤防，當上個世紀末這類堤防興建的時候，每當洪水危機出現，就會有人在此巡邏。每次巡邏都是兩人一組，攜帶一柄鏟子，一只沙包，一支狩獵號角；如果是晚上，還外加一盞燈籠。

尚爬上堤防。堤防的另一側，約莫與河面平高的地方，有一條類似曳船路的小徑，路旁長了草皮和小樹。他跑下去，所有聲響頓時被隔絕在外，只剩水聲。

一八七二年波河氾濫時，四千個男人花了七個禮拜的時間，才把缺口堵上，另外出動一百名婦女負責把一塊塊帆布縫合起來。

尚．費雷羅走到一排可翻摺的電影座椅旁邊，座椅固定在距離水面只有幾英尺的泥土裡。上面沾滿鳥糞，金屬配件也都生鏽了，不過座椅還是可以翻上摺下。他坐在其中一張椅子上，往後靠，凝視著波河。一隻黑鳥在下游不遠處的樹上唱歌。

這件事比火車上的士兵更慘，爸爸。是在我們去雅典之後發生的。菲利波是我在醫院認識的一個朋友，他是病人，跟我一樣得了絕症，我從他那裡聽說，米蘭正在配發一種新藥，可取代目前的抗愛滋藥物AZT，我想去多了解一點。吉諾本來要陪我一起去，但是在最後一刻有事耽擱，因為他必須去一個印度涼鞋拍賣會標貨，那個進口商破產了，吉諾認為他可以買到好價錢。於是我只好自己去。我等了一整天，終於在傍晚看到醫生。他叫我把文件和我最新的血液數值留下來，還有淋巴細胞的CD4數值等等。

我打算在米蘭住一晚，借宿在瑪蕾拉的一個女性朋友那裡，就在我準備搭地鐵去她位在郊區的家時，我跟自己說，每個地方的郊區都一樣，何不去市中心走一趟呢？我從沒去過那裡。小時候，爸爸，你曾騎車載我去熱內亞，然後今年去了雅典，但從沒去過米蘭。大教堂燈火通明，我覺得它好像剛剛才「登陸」，降落在這個空蕩蕩的廣場上。

我猜它看起來就跟剛蓋好時一樣，或許是因為那些石工、尖塔和雕像都很嶄新的緣故，不過在當年，沒有人會這樣形容它，「登陸」，因為他們還不知道有外太空存在，也從沒聽過像大教堂這麼大的東西居然能在天上飛也能降落！他們能做的，就是對著這座新教堂吹口哨，或是鞠躬行禮，或是把東西賣給蜂擁前來瞻仰這個世界新奇景的人群。或者，他們可以祈禱。

我走進去，點了一支蠟燭，為我們這些擁有它的人祈禱。等我走出來時，天已經黑了，於是我到拱廊街裡閒晃。精品店都打烊了，裡頭只有幾個人。我正想著，要不要去一家還在營業的小吧裡吃冰淇淋，一隻狗跑了過來，還用爪子抓我。不是什麼危險的狗，只是牠很重，很難趕走。我拍拍牠，把牠的腳掌抬起來，往外推。

牠不會咬妳！一個男人說著。那個男人抓著狗鏈，戴著一頂假遊艇帽，吉諾把那種帽子叫作「船夫的香蕉」。

把牠綁在你的皮帶上比較省事，不是嗎？

他注意到我的腔調。妳是來我們城裡玩的遊客？讓我請妳喝杯本市最棒的香檳。

我只跟朋友喝。我像推開那隻狗一樣，推開他。

沒錯！他說，只跟朋友喝！我們去那邊的「丹尼爾酒吧」，他幫我冰了調酒，「寡婦之吻」。

我哪裡也不會跟你去。

一杯香檳而已，不會有什麼傷害啦！他抓起我的手臂。

我想你最好放手。他把下巴和嘴巴往前伸，毛茸茸的衣領藏住他的脖子。放手！

給我個好理由。

因為我要求你放手。

等下妳就會要求我做別的了，美女，在今晚結束前，妳會要求我很多事。

放開你的手！我說。

給我個好理由。

放手，我有愛滋病。

他連忙把我摔到地上，力量之大，讓我嚇了好大一跳——我的頭撞到馬賽克地板。爸爸，我想我失去意識了。等我恢復時，那個男人站在我上方，在他後面不遠，有一對中年夫妻。他們八成是穿過拱廊街正要走回家。我想起一家筆店的櫥窗。

幫幫我，我大喊，請幫幫我！

你們知道她是什麼嗎？養狗的那個男人嘶吼說，她是得了愛滋病的蕩婦，她想把病毒擴散出去，想要污染我們，傳染給我們，這就是她想做的。

那對夫妻開始互相交談。接著那名婦人把沉重的包包從肩上拿下來，舉得高高的，想要打我，她的丈夫制止她。她不是針對我們，他說。

最慘的不是他們說的話，而是他們有多憎恨，他們憎恨和我有關的一切。就好像有人說他們愛你的一切，他們憎恨關於我的一切，毫無保留。

突然間，那隻狗豎直耳朵，朝著廣場和大教堂那個方向跑走。那動物跑得飛快，牠的腳在大理石地板上滑行，爪子發出刮擦聲。「船夫的香蕉」不得不跟在牠後面跑。拿包包的婦人發出一小聲驚叫往後跳。我急著爬起來，想去追把我摔倒的那個渾蛋，一邊大叫**你這個膽小鬼**！膽小鬼！膽小鬼！就算他的帽子掉了，也無法阻止他跟著他的狗一起逃走。

我一拐一拐地走回拱廊街靠近筆店的那個位置，在鋪了馬賽克的地板上坐下，好像我這輩子每天晚上都坐在那裡似的。我做了什麼並不要緊，只要我的態度非常篤定。

我可以看到那頂該死的帽子，它就掉在地板上。我坐在那裡，坐在用鉛玻璃打造的拱形屋頂下，然後我哭了，一直哭一直哭，直到我的淚水把石頭滾落到你那邊的山腳下。

你喜歡我們的電影嗎？一個年輕男子的聲音發出詢問。

是你把椅子固定在這裡嗎？尚問。

是我們一夥人做的，沒錯。

你們冬天窩在這裡？

我們喜歡坐在這裡思考未來。我十八歲，「瘋子」十七歲，「泰伯倫」十五歲。他最有天份，泰伯倫。他在哪裡都能查出oracle使用者的電腦狀態……請問你是波蘭人嗎？

不，我是法國人。

我們看到你停在上面的機車後頭有法國車牌，但你的腔調讓我以為你可能是波蘭人。我們想去波蘭的格但斯克。

是。

有個天才在格但斯克工作。

他是做什麼的？

我要是你，就不會把機車停在上面的馬路。有一個專門偷東西的幫派——和我們不一樣——在曼托瓦附近犯案。把你的機車弄下來這裡，和我們在一起你比較安全。

這條小路有接到上面的馬路嗎？

會接到上面的渡口那裡，是的。花不到五分鐘。

我該上路了，尚．費雷羅說。

你看那間小屋，河旁邊那間，我們叫它「臨終關懷中心」。裡頭塞滿東西。走之前跟我們喝杯可樂吧。嘿，瘋子，來這裡，這就是那個騎紅色本田ＣＢＲ的人！

美車！那個男孩說，一邊打量著機車。

這是瘋子，講話的是剛剛走到座位邊那位，我是施洗者約翰。他是泰伯倫。

你喜歡我們的別名嗎？

什麼意思？

我們幫自己取的ＩＤ名稱。你會選什麼做你的ＩＤ名稱？

「鐵道閃燈」，尚說。

這名字的由來是什麼?

信號系統術語。鐵道閃燈!

一輛像這樣的新機車要多少錢?

很多錢,尚說。

你已經貼在油錶上騎了八萬五千公里,泰伯倫說。

泰伯倫想在十八歲的時候買一輛像這樣的重機,施洗者約翰說,但他為了那筆錢得四處旅行。

你們都已經工作了?尚·費雷羅問。

都沒有。我們跟爸媽一起住在帕馬,其他時間就待在這裡的臨終關懷中心。我們來這裡安靜一下。回到帕馬之後,我們就去旅行!

旅行?

環遊世界,瘋子說。

所以我們知道有個天才住在格但斯克，施洗者約翰說。

我得說，格但斯克那個傢伙跟曠奇船長（就是約翰．德雷普）一樣厲害，泰伯倫說。

誰是曠奇船長？

我們要告訴他曠奇船長是誰嗎？

最好先考驗他。

別煩他，讓他安靜喝可樂。

萬物萬事都很美，施洗者約翰說，萬事萬物只要存在，除了邪惡之外，都是美的。

你看他這個別名取得多好！瘋子說。施洗者約翰是他的ＩＤ，而他講話就跟《聖經》一樣。

你知道一秒鐘有多少水流過這裡？泰伯倫問。你一定猜不到。我告訴你，每秒鐘一千五百立方公尺！

一幅天堂景象，施洗者約翰繼續說，他的目光掃過不透明的河水望向對岸小樹，那裡萬事萬物都是美的，除了邪惡。在天際之上，不需要美學。在俗世這裡，人們追求美，因為美依稀能讓他們回想起善。這是追求美學的唯一理由。美讓我們回想起已經消失的一些事物。

看，那個人正在划他的平底船！瘋子說。

從這裡，你感覺不到水流。如果你下到水邊，就能接收到水的訊息。它是無法抵擋的。

嘿，老兄！泰伯倫說，你可以載我們騎一下你的機車嗎？

尚．費雷羅在那條曳船路上騎上騎下，直到天色漸漸昏暗。他先載泰伯倫，接著是瘋子，最後是施洗者約翰。他騎得很慢，看著愈來愈熟悉的河水流淌，彷彿每一趟路程，他都像渡船夫一樣，正在穿越河水。

◆

很難聽懂的廣播宣布離站、抵站的相關訊息，伴隨大火車站特有的噪音。在布拉提斯拉瓦中央車站的大廳裡，我搜尋著姿丹娜，她不在那裡。我走到外面，計程車在那裡排班，我聽到一個男人的聲音，但不知道聲音的主人是誰。

瞄到它還不算太晚，一台灰色賓士500SL，正朝著熱狗攤的另一邊慢慢開過去。我看到伏拉迪修好另一輛推車，今天下午的第三輛，賺進一百第納爾——除非他狠削那個拖著行李又遲到的乘客兩百第納爾。我一定要引起賓士500SL的注意，拿出當官的威望吸引它。少了威望，我就是狗屎。朋友，我正試著用我的頭、我的脖子、我的肩膀、我的右手、我的模樣，用當官的威望去吸引那輛賓士500SL——假裝我有地位，假裝我穿著制服，戴著大盤帽，假裝我穿了一雙刷亮的靴子，而不是破破爛爛的厚外套，不是毛線帽，不是一雙開了口又沒鞋帶的運動鞋。我必須讓駕駛注意到我。如果我成功了，那個空的停車格就是我提供給他的。他可能已經瞄到了，但如果我能吸引到他的目光，它就會在變成他的之前先變成我的，就會變成我替他保留的停車格——一分鐘前騰出來的。我像閃電一樣現身。他會把手伸進口袋，悄悄給我一百第納爾，幸運的話，說不定有兩百。可以買皮爾森啤酒。仔細看好那輛SL，先生。我們隨時都會有人在這裡看顧，先生，不用擔心。四百，可能五百。我沒吸引到那位駕駛的目光，他沒看到我，但至少我能開門，抓住門把。他搖開門，我沒搆到。他用壓扣上了鎖，大步走開。我根本沒機會報上大名，沒名字，我是「那邊的那個傻蛋」。在我的厚夾克口袋裡，有，曾經有，以前有，一把摺刀。可以用它捅破那輛SL的輪胎。但我找不到。黑色俄國製的ZIL來了，是一台加長型豪華轎車，後車窗拉了窗簾，駕駛是高加索人。有本事他就把我輾過去。他真的要試……

◆

你留下過夜吧，瘋子對信號員說，我們有床墊，我們會煮燉飯。

你們要告訴我誰是曠奇船長嗎？

好。他還活著，不知道躲在哪裡。

你聽過兩千六百轉調嗎？泰伯倫問。

信號員搖頭。

那是一種高A調，用在貝爾電話系統上，用來宣布電話接通了。現在，那個自稱為曠奇船長的傢伙，發現桂格麥片公司會在每一盒「曠奇船長麥片」的早餐穀片裡，附贈一個玩具塑膠哨子，只要你在它的出音孔上面加一點膠水，就能完美複製出這種高A調。

你想繼續聽嗎？施洗者約翰問。

為什麼不？

好，只要對著電話吹這種玩具哨子，曠奇船長就可以進入電話系統的網路空間，如此一來，他就可以阻止任何長途電話費加到他的帳單上。他可以不花一毛錢講遍全世界，也可以接聽來自任何地方的電話！這已經是二十幾年前的事了。後來他進軍電腦界，變成世界級的駭客大師。

施洗者約翰說，我們知道的每一件事，最早幾乎都是從他那裡來的。他向世人證明，闖入系統是有可能的事。

就是他，泰伯倫說，發明了矽谷兄弟會這個詞，到了今天，我們在全球各地大約有兩、三千人——包括格但斯克的那個天才。我們已經進入他的BBS，所以我們知道。

我們也發明了一種病毒。

那不是我們主要從事的活動。

我是為了生存而駭！瘋子說，我們是為了待在這座星球上而駭。

另外是要向他們證明，他們沒辦法把我們趕出去，永遠不可能。我們可以下載任何東西。

天堂不是用來住的，施洗者約翰說，它是用來參觀的。

你知道，瘋子說，坐在你的摩托車後座時，我在想什麼嗎？如果你想騎去某個地方，你會尋找路標，對吧，你會尋找你要去的那個地方的路標，一旦你選中一個，這條路所引導你去的每個地方，穿越森林，沿著河流，經過學校、花園和醫院，穿越郊區，駛過隧道，它引導你去的每一個地方，都緣於你在路標上讀到的那個名字而被賦予某種意義。我們的數位旅行也一樣，一旦我們從某個「後門」進去了，就會知道我們在找什麼。我覺得它比較像是一個人名，而不是地名，它能替你發現到的所有東西賦予意義。一個你渴望的人，或你崇拜的人。這就是我此刻的想法，法國人。

我們是為了待在這座星球上而駭，施洗者約翰又說了一遍。

◆

車身晃蕩，車輪嘶嘶，它們不是壓輾在軌道而是柏油路上，引擎噗噗，一種加了緩衝墊的感覺，像是小孩在沙發上打盹，操著斯洛伐克語的各種聲音，正在講述長長的故事，後座一對度蜜月的新人，新娘還戴著她的玫瑰，車廂前面坐了一群專精玻璃器皿的店老闆，正要去威尼斯看吹玻璃，廣播傳來一首波希米亞舞曲，空氣中瀰漫著淡淡的啤酒香，姿丹娜在布拉提斯拉瓦車站外面趕上這輛巴士。

她坐在一名禿頭男子旁邊，他的細條紋深色西裝已經退流行二十年了。他們比鄰坐了兩小時，沒講半句話。甚至連巴士抵達維也納，也沒讓他們開口聊天。他脫了帽子，她踢掉鞋子。他們各自窩回自己的神遊世界。她望著窗外，他讀著報紙。

這會，他打開公事包，拿出一個牛皮紙袋。打開後，裡面有幾個夾肉三明治。他把整個袋子舉起來，拿一個給她。她搖搖頭，他聳聳肩，咬下自己的三明治。

妳有沒有注意到，他嚼著滿口食物說：黃瓜，醃黃瓜，怎麼會變得愈來愈酸？

她不發一語。

這是妳第一次去威尼斯嗎？

是，我是。

她的嗓音和她看似寡言的外表非常不搭。那嗓音天生就是要來當歌手的，它根本不必努力做表情，因為表情就是那嗓音與生俱來的。那三個字——是，我是——聽起來就是一個完整的人生故事。他肯定比她大個起碼十五歲。

她再次轉向窗戶。天很快就要暗了。夕陽餘暉映著遠山，一座教堂藏身在丘陵之間，最靠近公路邊的那些樹葉，算不清幾百萬片，被巴士行經的氣流攪得窸窣翻飛，三層樓的鄉村小屋，蘋果樹，許多木頭籬笆，一匹孤馬。

我相信妳一定會喜歡威尼斯，他說。

我只是在那裡轉車，她說。

這個時刻，在農舍裡，外頭的雞隻已經被關起來準備過夜，老婦人把報紙弄皺，連同一些碎木頭一起推進爐子裡，一邊找著火柴盒。

來顆柳橙如何？在威尼斯已經有櫻桃了。妳接下來要去哪裡？

去參加我女兒的婚禮。

是個幸福的場合啊。

根本不是這回事。我女兒是愛滋病毒帶原者。

姿丹娜竟然不假思索地把她猶豫著不敢告訴朋友的事，立刻講給這位陌生人聽。她瞪著他看，彷彿剛剛說出驚人之語的是他，而不是她。他光禿禿的頭皮像絲綢一般平滑，像噴了水霧準備熨燙那般溼潤。

我很遺憾，他低聲說。

確實應該遺憾！

駕駛把音樂的聲量關小，用廣播宣布，再過五分鐘，巴士會在一家客棧暫停，讓乘客上廁所和吃點東西。

那會拖上很長一段時間，禿頭男說，這段時間或許有可能……

你是醫生？

不，我開計程車。

你別騙我了！如果你是開計程車的，你幹麼要搭巴士？

我開車開得很煩了，他解釋說。

你的臉根本不像計程車司機！她反駁說。

這我沒辦法……我開計程車……而且車子在威尼斯根本沒用……在威尼斯，你得走路。

姿丹娜住了口，也許是在想自己到底在幹麼。

你是計程車司機。真讓人難以相信，她說。

那個男人說，我們全都活在一些很難相信的事情裡，一些我們永遠想像不到的事情。

休息四十分鐘，司機在廣播上宣布，請不要多耽擱一分鐘。

讓那隻貓窩在我的胸部。我喜歡牠窩在那裡，吉諾。牠在打呼嚕。他們說當貓躺在你身上時，會帶走靜電。恐懼會製造很多靜電。貓不害怕，因為不懂得這些。貓暖到我的骨頭裡，我可以感覺到牠在我的肋骨中間打呼嚕。好，關燈。我想我要睡了。

當姿丹娜和那個叫湯瑪斯的男人回到巴士上時，他們已經聊得很深入了。

看到她時我該說什麼？我沒辦法忍受謊言。我這輩子，都在對抗謊言——不惜任何代價。但謊言比我更強悍，我沒辦法忍受謊言。

妳有一副無法撒謊的嗓子，有些嗓子就是沒辦法說謊。

所以？

妳不需要說謊，妳需要的是鎮靜。

我已經六年沒看到她了。你可能會猜，我怪罪自己：如果我陪在她身邊，就不會發生這種事。我根本不該回來的，我一開始就該跟她一起留在法國。她需要我，當然，我怪罪自己。

沒什麼好怪罪的。

她還那麼年輕，那麼年輕。

神愛之人……

愛滋病裡沒有愛。我是個科學家，姿丹娜說，我知道我在說什麼。裡頭沒有愛，一丁點也沒有。

妳別驚慌，公民。

公民！你是這禮拜第二個叫我「公民」的人。我以為我們這種古老的稱謂已經報廢了。

妳喜歡聽？

現在沒人用了，我想我喜歡。當年這麼說的時候，我痛恨它的偽善。不過現在，它讓我回想起我的青少年時光，那時我夢想著可以進音樂學校。

一陣沉默。他們兩人都沉浸在回憶裡。

所以，她要結婚了，那個男人說。

一個義大利男人愛上她，堅持要娶她。真是瘋了。

他知道？

當然。

為什麼說他瘋了？

理智點，他瘋了。

她不想結婚？

她什麼都想要，也什麼都不想要。他們不能有小孩。我永遠不會知道她的感覺，沒有其他人能知道，但我的這裡可以感覺到！她用了斯拉夫文的「doucha」，一邊念一邊把手放在她的頸根，從她的口氣可以聽出，雖然她瘦小輕盈如一隻飛鳥，但她的渴望與絕望卻無垠無限。

窗外，樹比天黑，司機剛播了一捲威爾第歌劇的舊卡帶。蜜月夫妻彼此相擁，店老闆正在拉開他們的啤酒罐。

他失業了嗎，妳未來的女婿？

他賣衣服，男裝。

是在大店裡工作？

不是，他在街市擺攤，他叫吉諾。

是路易吉的暱稱。

是的，你真的是計程車司機嗎！

如果我沒弄錯，妳還沒看過他？

這是他們兩個在維羅納拍的照片，我女兒寄來的。

妳女兒很美，而且她已經像個義大利人了！至於吉諾，他的大鼻子、大虎牙和長手腕，跟藝術家盧卡斯．范．萊頓畫過的一個年輕人一模一樣。很久以前了，將近五個世紀前的作品。我家有那張素描的明信片。盧卡斯大概是在他碰到畫家阿爾布雷希特．杜勒之後幾個月畫的，他們兩人在比利時的安特衛普交換素描。

你怎麼會知道這麼多？

吉諾和范．萊頓素描裡的那名男子有同樣的獨立性格。這表現在他們的臉上，那些牙齒和鼻子。那跟階級無關。像他們那樣的男人，永遠不會有權勢，他們是騎士。很久以後，美國人把騎士轉變成牛仔，但騎士比美國歷史悠久多了。他就是民間傳說裡的那種人，會把你載上馬帶走的那種人。不是帶去他的宮殿；他沒宮殿，住在森林的帳棚裡。他永遠不知道怎麼計算——

如果他是在街市上賣衣服的，我想他應該會計算。是，他會計算價錢；計算後果，不然。

所以我說他瘋了，他根本不知道自己在做什麼。

他很清楚自己在做什麼，比妳或我更清楚。當我們做某件事，或是當我們決定要做某件事的時候，我們已經想到如果做了、事情結束了，會有什麼後果。但他不是。他只會想著當下他做的那件事。

他的熱情，顯然是在波河上釣魚。

他的熱情是妳女兒。

姿丹娜低頭，像是有些害羞。巴士經過一座城堡，堡裡的每扇窗戶都亮起燈，外頭停了幾百輛車子。

盧卡斯．范．萊頓，禿頭男在幾分鐘的沉默之後開口說——入睡乘客的打鼾聲更加凸顯了那陣沉默——盧卡斯．范．萊頓還沒滿四十歲就死了。

我想十六世紀的荷蘭畫家應該不會在布拉提斯拉瓦搭計程車——那麼，你是怎麼知道他的？

每天，我都會帶一百張明信片，在等候叫車的空檔時看。

姿丹娜抬起頭，露出幾個禮拜以來的第一個笑容。

禿頭男搖搖頭，也笑了。

然後她說：聽你說話，真的跟百科全書一樣，我感覺你在賣弄百科全書式的知識，這樣就不必去面對痛苦，不必去面對生命的殘酷。

在舊王朝時代，他說，我曾經負責編過一套百科全書。

這說明了一切！

不是一切。

關於你的一切！她又笑了。

是《斯洛伐克百科》，他宣布。

我家有一套。你是編輯？

我幫自己留了那些畫，我是總編輯。

那現在？

妳想呢？舊王朝的百科全書，沒錢的生意！我們被趕到街上，每個人發五十套百科全書去賣。如果能賣掉，那些錢就歸我們。

我打賭那很難賣。

我一套也沒賣。我把車留著，變成計程車司機。

你丟了編百科全書的工作，湯瑪斯，我則是開始在寫一本政治詞彙辭典。我們是政治上的死對頭。

我太太做衣服……不、不要……好啦，哭……哭吧……

我一次也沒哭過。

那就哭吧，親愛的，哭吧。

她更急促地啜泣，為了不讓別人聽到，把嘴埋進同伴的夾克裡。稍後，她試著講話，但找不到自己的聲音。於是她說：

……而怎樣的一座黑山
遮擋住世上的光。
是時候了——是時候了——是時候了
該把上帝的車票還給他。[10]

巴士在公路上猛衝。店老闆們喝著最後一罐啤酒。新娘把頭枕在熟睡丈夫的褲檔上。湯瑪斯擁著那位來自布拉提斯拉瓦、引用茨維塔耶娃的女人。

不久，所有乘客都將入睡，司機會關掉音樂。對他來說，沒有音樂比較容易保持清醒。

◆

我站在比雷埃夫斯的酒吧裡，店裡沒有其他人。雅尼上床了。我錯過回雅典的最後一班火車，正在等雅尼的孫子帶我去陽台上面睡覺。在空無一人的酒吧裡，我聽到酒醉的聲音。

說白了，痛苦是你給出去的，不是你收進來的。那些承受痛苦的人是沒用的髒東西，他們沒本事保護自己，這就足以證明他們有多沒用。他們都只會胡說八道。痛苦是必要時你得給出去的東西，回報就是你成了主子。要當發號施令的人才算是活著。他們以為自己活著，但他們不是。他們的存在就是錯誤，他們是渾蛋，只會

10 編注：出自俄國詩人茨維塔耶娃（Marina Tsvetaeva）詩集《寫給捷克斯洛伐克的組詩》（*Poem to Czechoslovakia*）中的〈黑山〉（*Black Mountain*）。

瞎扯跟求饒。聽他們的話，你就會走錯路。讓他們自己去搞吧，他們會活得比我們久呢。你一猶豫，那些男人就會把你撕成兩半。至於對付女人，你知道該怎麼做。她們只會恨，然後得寸進尺。在她們恨你之前先挺進。如果你不證明自己的力量，你也會變成沒用的髒東西。挺進。把她們搞得癱軟無力。男人和女人，雖然原因不同，每個癱軟無力的人都能讓你更強壯。第一次最好是有伴，因為你還不知道你的力量有多大。如果摸不清自己的力量，你就會軟弱。這是真理，用哪種話講都一樣。做過之後，它就變成慣例。跟自己說：我做過一次，成功了，所以管他的！我做過十二次了，去她們的。我做過二十次了，根本沒什麼差。你激動到發抖。太晚了。我們全都經歷過那一刻。當激動消退，你很確定自己的能耐，你能做什麼。要當主子才算活著——直到斷氣為止。阿門。

在尚・費雷羅過夜的河畔小屋裡，可以聽見波河：它發出像是嘴巴太乾時舔嘴唇的聲音。不過河流從不講話，它們的冷漠眾所周知。阿拉瑪納河、波河、萊因河、多瑙河、聶伯河、薩瓦河、易北河、科賈河，亞歷山大大帝走失的士兵和波斯大軍的散兵游勇，在那裡打了一場沒有記載的小型戰役——世界上沒有一條無人為它戰死沙場的大河，他們的血沒幾分鐘就被沖走了。會戰後的那個晚上，大屠殺展開。

◆

巴士司機開得很慢，因為視線很差。雨刷根本無法把擋風玻璃清乾淨，只能像耙子一樣刮啊刮的。頭燈照亮一牆落雪，除此之外，他看不清任何東西。他把車子放慢到步行的速度，最後不得不停下來，拉上手煞車，關掉引擎。

引擎關掉後，入睡乘客發出的聲音聽起來更響亮：打鼾聲，用力呼吸的汩汩聲，還有像是管風琴樂手停止彈奏後管風琴發出的喃喃聲。巴士外面，闃然無聲，靜寂如一整片羽毛。

姿丹娜抖了一下，張開一隻眼睛，撐起身子，用左手反覆擦著起霧的車窗，沒出現任何不一樣的東西。雪花飄落，一朵緊貼著一朵，密成一團。

我們迷路了。她跟剛剛一直讓她靠在肩膀上睡覺的男人說。

禿頭男睜開雙眼，看到外面的雪。

我們應該是靠近帕克山口了，他說。只是不知道，我們為什麼停著。

因為我們無法繼續前進。

她靠在他的肩膀上，還處於半睡狀態。

我們應該可以繼續下去，她說，我們應該，但我們沒有。他們說共產主義死了，但我們早就怕得失去理智，就算已經沒什麼好怕的，每件事都把我們嚇壞了。

要說有個東西快死了，男人說，要說有個東西快死了，它首先得是活的。這跟共產主義的情形不同。

你是拿過黨證的！

所以妳不能說它快死了，說它快死了是一種蠢話。

我們會永遠留在這裡嗎？永遠留在這裡。一直、永遠？

噓……跟妳講個故事。妳有在聽嗎？

「讓我從山頂哀唱悲歌……[11]」姿丹娜扯著男人的一小絡袖子。這也是瑪莉娜．茨維塔耶娃的詩，你知道嗎？

從前，湯瑪斯說，從前有一個人叫烏里胥。他住在科拉爾佩山，差不多就在這附近。這是五十年前的事了。

瑪莉娜差不多就是在那時候上吊自殺的，姿丹娜說。

烏里胥在高山上有一棟小木屋，離開馬路要再走上四公里。每年夏天他都把羊群和兩隻乳牛帶來這裡。早上，他會打著赤腳走到外面的草地上，用鏟子把所有可以找到的牛糞鏟起來，堆在一起。他做這件事，就像是在家裡用吸塵器吸地毯一樣。高山上的所有男人都會這麼做，因為糞便如果在草地上放了幾天，乳牛就不會吃那裡的草，在這片廣袤不仁的山脈裡，每一平方公尺的青草都很珍貴。

由於巴士停著，雪花黏在車窗上，營造出鉤針蕾絲窗簾的效果。姿丹娜冷靜下來了，在男人的肩膀上揉著耳朵。

有一年，雪來了，比所有人預期的時間更早，禿頭男繼續說。烏里胥決定不要冒險下山，乾脆在小屋裡過冬。他在雪地裡鑽了一條隧道，通往畜棚和穀倉，那裡存了乾草。他整個冬天都待在山上，沒有半隻牲畜死掉。

禿頭男把手放在她的頭髮上，她是短捲髮，髮根帶點灰白。她正處於睡夢的邊緣。

峽谷裡的村民被烏里胥嚇壞了。其他人全都已經下山。他們說，如果烏里胥整個冬天都待在山上，他一定會瘋掉。等到春天降臨，雪溶化了，有些村民爬到山上去看烏里胥。他開門歡迎，請他們喝酒，看起來沒半點異狀。我們要等著看，村民在下山的路上說，這類事情需要時間。

他把大手插進她髮間，免得她的頭愈垂愈低，而在她頭皮上這股輕揪的力道，

---

11 編注：出自俄國詩人茨維塔耶娃作品〈山之詩〉（*Mountain Poem*）。

讓她勉強保持在可以聽進幾個字的清醒程度。

隔年，雪還沒下，烏里胥就決定不下去峽谷，要和他的牲畜留在山上過冬。他也的確這麼做了。他確認山上有足夠的乾草，他們都能存活下來，就這樣過了好幾年，有時雪下得早，有時雪下得晚，但烏里胥再也沒有下去村裡過冬。

好幾年過後，有一年夏天，村裡的小學老師來爬山，正巧碰到烏里胥，於是問他：「烏里胥，為什麼雪季來時你再也沒回到小村裡？」烏里胥回答說：「想像一下，老師先生，你想像一下，要一個人在村裡面住上六個月，而且周圍每個人都相信他瘋了，這有多難捱啊！我還是留在這裡比較好。」

禿頭男感覺到女人的規律呼吸。睡吧，小母親，睡吧。

◆

抱緊我，吉諾。

有天晚上，一個操西班牙語的聲音說：有個健康的十二歲小男孩沒回家，他來自墨西哥庫泰河邊境上一個沒有任何土地的貧農家庭。他父親找兒子找了好幾天，最後他說，兒子一定是被綁架了。他之前就曾聽過其他案例。昨天，男孩找到了，就在墨西哥的特拉特勞基特佩克鎮。經過交叉詢問，他說只記得在一張床上醒來，旁邊有些穿白色外套的人俯看著他。檢查顯示，他動過手術。今天，他只剩下一顆腎。第二顆被偷走，拿去做器管移植。那些偷摘和轉賣器官的組織專門偷年輕人的器管，因為他們比較健康，他們以美元收費。小男孩的名字我不會說，因為他已經回到位於庫泰河邊境的家裡，家人正面臨報復威脅。

抱緊我，吉諾。

◆

信號員從睡袋裡鑽了出來，男孩們還在睡。施洗者約翰光著身子睡在角落的床墊上，他的性器有如黑巢裡的一隻雛鳥。外頭天光微亮，還看不到波河對岸。尚把摩托車的腳架推開，打開阻風門，按下啟動鍵。他順著昨晚載著男孩們上上下下的那條小路騎到渡口，接著轉向通往費拉拉的公路。

◆

姿丹娜醒來時，雪停了，巴士停在的里雅斯特的巴士站。太陽升起，旁邊的座位是空的。她瞄了一下行李架：他把帽子和破舊的公事包都帶走了。

我還有時間下去梳洗一下嗎？她問司機，他正在吃紙袋裡的櫻桃，把籽往窗外吐。

司機看著手錶說，我們四分鐘後離開。

這輛載滿布拉提斯拉瓦乘客的巴士，比昨天來得警戒一點。今天他們人在外國，一個不久之前還禁止進入的國家，義大利——一個滿是水果美酒、優雅鞋靴、珠寶、腐敗和夕陽的國度。那對新婚夫婦迫不及待想要躺到他們在威尼斯旅館的大床上，店老闆們也迫不及待想要下車，想要記下所有差異，把所有能買的全部買下。

司機發動引擎。姿丹娜爬上巴士，氣喘噓噓。

你還不能開車，有個乘客還沒上來！

如果有人錯過這班巴士，司機說，那不是巴士的錯。

拜託，多等個兩分鐘，我求求你。

妳知道在我往回開之前，我們在威尼斯有多少時間可以閒逛，小姐，八小時，就這麼多，我還得睡覺呢。

那是不對的，姿丹娜說，你有權要求二十四小時。

有權！你說你想要多待個八小時，他們就鬼吼鬼叫：那你去別家開啊，不要開我們家的！

這違反安全規定，姿丹娜爭辯說。

誰在乎啊？

我知道他要去威尼斯，他有告訴我。

他不是第一個在的里雅斯特蒸發的人，甜心。

他有去威尼斯的票！

他是第一個下車的乘客，妳那時還在睡！

拜託，多等一下。你可以在高速公路上把時間補回來。

高速公路有限速。

誰在乎啊？你剛剛才說過。誰在乎啊？

她打開手提包，掏出幾張一百克朗的鈔票，塞到擋風玻璃旁邊架子上的櫻桃紙袋下面。

我猜妳是個醫生？司機說。

不，我是工程師。

我給妳兩分鐘，工程師，多一秒都不行。

他把手掌平放在汽車喇叭上，然後按下去。按了不只一次，三次。

這應該有辦法把他趕上車！再來一次！再一次。他在那裡！

百科全書編輯很少跑步。那個男人出現在街角，試圖衝刺，他彎下腰，把公事包抵著胸口抱住，活像是在湯匙傳雞蛋的比賽中表演。從巴士上看著他的每個人都笑了，包括姿丹娜。

坐定後，他花了好一會時間才喘過氣來。

我幫你把巴士叫住，他們不想等你就要開走了。

湯瑪斯答以攤開的餐巾紙，秀給她兩條金黃色的奶油麵包，上面還有糖霜和朱紅色漿果。

仙饌蜜酒，神的食物，我在保溫瓶裡裝了卡布奇諾。

他們兩人用藍色紙杯喝著，杯上印了類似聖母像的白色人物，咖啡泡沫在他們上唇畫了唇線。接著，他們咬下麵包捲。姿丹娜有一口珍珠般的齊整牙齒。

很艱難，他說。我們活在懸崖邊緣，這很艱難，因為我們失去了以往的習慣。

曾經有一段時間，每個人，老的少的，富的窮的，都把這視為理所當然：生活痛苦又危險，偶然性是殘酷的。以前碰到節日時，可以吃到奶油甜麵包。妳喜歡嗎？

裡面會有杏仁餡。

這些是酸櫻桃餡。

兩百年來，我們相信歷史是一條高速公路，帶領我們邁向前人無法預見的未來。我們以為我們得到豁免了。當我們走在舊宮殿的長廊裡，看著過往的所有屠殺、最後的禱告以及盛在盤子上的首級，這些全被描畫下來，裱了框掛在牆壁上，我們告訴自己，我們走了好長一段路——雖然還沒久遠到無感於歷史的程度，但已經遠到足以讓我們了解，我們解脫了。現在，人們可以活得比以前長很多。現在有麻醉劑。我們登月了。再也沒有奴隸了。我們把理性運用在所有事情上，即便是關於愛欲的莎樂美舞蹈。我們原諒過去的恐怖，因為它們發生在黑暗世紀。現在，突然間，我們發現自己離任何一條高速公路都很遠，我們像海雀一樣，棲息在黑暗的崖壁上。

我不會飛。

妳從來沒飛過，即使在夢裡？

也許是。

這就是信仰的問題了。

既然這樣，那停在你的崖壁上就不會有危險啦，是吧？

這種事情之前從沒發生在姿丹娜身上，她不曾讓一個陌生人走進她的悲傷，甚至因此和他調起情來。這件事荒謬得讓她想哭，也讓她寬慰地笑了。

妳得受點驚嚇才行，他說。

我嚇死了。

然後妳就會飛了。

看！她指著窗戶，雪花在上面織了窗簾。看，那是海。

我們失去了以往的習慣。

飛行的習慣？

不，生活在崖壁上的習慣。

海很平靜。

那感覺會回來的。

你是說，有一天我會逐漸習慣。

就算妳沒逐漸習慣，事情也會變得日益熟悉。

絕望就很讓人感到熟悉，湯瑪斯，你不覺得嗎？

當然，我們總是忍不住會想像，希望能少一點痛苦，少一點不公不義。

親愛的上帝，為什麼？

他們問過同樣的問題，姿丹娜，在尼尼微和埃及。他們問過同樣的問題，在黑死病期間，當時，歐洲每三個人就有一個死於黑死病……十四世紀。

你在你的百科全書裡負責寫「黑死病」這條？

不只一條。它還出現在「封建主義」、「衰亡的原因」等詞條下面。嘗一個，這是用核桃做的。以前人認為，核桃可以治療許多腦部疾病。

微烤之後，它們可以消除絕望！她尖喊著。

關於義大利人，最重要的一點是，他們懂得享樂，他說，他們把所有的創造力都灌注到享樂上，他們跟斯拉夫人剛好相反。

是這樣嗎？如果你這樣說，我期盼你是對的，湯瑪斯。我們只能活一次，不是嗎？而今天我們必須，不，是我，我必須沒有希望地活著。

眼淚盈滿她的眼眶。

去年夏天，禿頭男說，我去參觀一座神廟廢墟。沒有銘文，沒有時間，只有青草長了又枯，枯了又長。海洋就在下方。

姿丹娜的車窗外，晨色流轉：青草綠，罌粟紅，芥末黃。山脈一重接著一重，最遠的染了薰衣草色。他們駛過從索菲亞和伊斯坦堡開來的卡車。擋風玻璃上方，晨光閃耀如一百個鑰匙環。

我可以看到一座破拱門，湯瑪斯說。它框住天空，和一小塊三角形大海。親愛的，一切是那麼杳遠，那麼緩慢，慢到我或許花了一個多小時，才注意到被廢墟框住的那片天空比較亮，裡頭的光線比周圍的天空更多，而那一小塊三角形的大海，則是比其他部分的海洋更深藍。妳會說，那是光學幻影！妳是科學家，而我有黨證，是妳的政敵。雖然站在崖壁上……但不要失去希望，姿丹娜。

姿丹娜開始大笑，無法克制。禿頭男重複說著：「在黑暗的崖壁上。」同時拉起她最靠近的那隻手，撫慰著，巴士飛馳。她終於平靜下來。他們兩人坐在那裡。姿丹娜沒有抽回她的手，當一輛來自布達佩斯的巴士超越他們時，他握住她那手指經常發痛的左手，雖然他不知道這件事也永遠不會知道，但他溫柔地握住那些疼痛的手指，撫慰它們，她低頭看著那男人的手以及彎成一個個Q字母的手毛，嘆了一口氣。

姿丹娜和湯瑪斯在聖馬可廣場告別，在威尼斯，這座廣場是大多數人約會碰面的地方。

◆

我聽到有人在擦玻璃。費拉拉最大的百貨公司「司丹達」剛剛開門。穿著黑皮衣和機車騎士靴的信號員走在一條通道上，在珍珠磨砂燈的密集投射下，他的側影活像隻黑青蛙，直接從古希臘喜劇家亞里斯多芬的作品裡跳出來。大理石地板，黑色櫃檯，金色商品。所有的香水瓶都裝著金色液體，其中有些非常巨大。

香水櫃檯的排列方式宛如玩具街的娃娃屋。每棟屋裡都坐了一個女人，每根秀髮都服貼在頭上，每根指甲都漆了完美的海貝色澤。有些女人戴眼鏡，有些年輕，有些到了當母親的年紀，有位來自開羅，另一位來自特倫提諾的小村莊。每天上班前，她們都得花上一小時妝點面容，一定得要證明，自己也參與了這項可讓她們免於變老的凍齡工程。但這項工程的奇異後果是，反而會讓年輕人顯成熟。

信號員正在看一張圖表，上面有五十種不同的膚色。每個顏色都是一枚小銅板的大小。他盯著看，然後頭往前伸，他愈靠愈近，想在那五十枚銅板裡尋找屬於他女兒的那枚：他記得那個顏色，是妮儂小時候他幫她洗澡擦背時的膚色。

先生，你是在找化妝組嗎？或許我能幫忙？

在她凍齡的妝容後面，這位化妝品女孩有著狂野之人的突出雙眼和豐厚嘴唇。

我想找一瓶香水，信號員說。

男人的或女人的？她問。

給年輕女人的……我女兒。

是要白天用或晚上用？

結婚用。

是婚禮派對！

她原本的寬眼睛又張得寬了一點。那雙眼睛上方畫了完美的淡藍色眼線，在這一刻，顯得空洞而悲傷。

這樣的話，也許聞起來具有一定份量、帶點儀式性的香氣比較適合？

我想是的。

你有想到我們的哪一款香水嗎？

沒有。

那我們可以先從「冒險」試起？

他說，我想找可以走得快一點的香味。

她把剛拿起來的香水瓶放下去，仔細打量著他——這個穿皮衣的黑色青蛙，講話像外國人，還用了這麼奇怪的句子。

可以將她托起來的香味。他解釋說。

那我們可以從「巴卡維斯」開始。

可以拉她一把的香味。

她從桌上的許多瓶子裡挑了一個，噴在她的左手腕背面，用另一隻手掌揉了幾下，把手舉到尚．費雷羅的下巴下方。他深吸了一下。

我不知道，他說，這很難選。

她長得怎樣，你女兒的樣子，像我嗎？

不像。只有身高跟妳一樣，其他都不像。

她的髮色是？

她換來換去。小時候是金髮。

那聲音呢，高還是低？

這得看她正在說什麼……我希望她有自己是皇后的感覺。

化妝品女孩拿起另一個金色香水瓶，噴在左手臂比手腕高許多的地方。信號員突然抓住她的手舉到唇邊。旁邊的人可能以為他想親她。在這類品項齊全的百貨公司裡，示範和挑選香水有一定的儀式性動作，他因為不熟悉，舉止簡直有點暴力，但她現在覺得很有趣。

更多一點，他說。

更多什麼？

更多瘋狂！他說，依然舉著她的手。

好。讓我拿出我們的最新款。這是今年的新款，叫作「沙巴」。

沙巴？

果香味，還有很多龍涎香。可能適合她。

這次她噴在靠近左手臂彎的位置。他低下臉。她彎起的手臂好像可以環抱他的頭。

假如妳有個女兒，妳愛她，妳希望她馬上擁有一切，妳會買沙巴給她嗎？

她讓手臂維持剛剛的姿勢，沒有回答。他閉上眼睛。即便在百貨公司，香水與皮膚之間的神祕交流也還是存在著。有那麼一刻，他們兩人，化妝品女孩和信號員，在隔開世界的香幕中，做著不同的夢。
最後她說：大多數女孩都會非常開心。
直到這時，她才鬆下手臂。
我要帶一小瓶沙巴。
一般香水或淡香水？
我不知道。
香水噴上後可以持續比較久……
那麼兩種都買。
她用她海貝似的指甲把那兩個小盒子包在金色包裝紙裡，還用緞帶打了個蝴蝶結，她看著那個穿著皮衣皮靴的外國人說：「你知道嗎？我父親沒有很愛我。她很幸運，你女兒……真的很幸運。」

水。停滯的鹹水，它保住一座城市的命。沒有它，這座城市就會被狂浪淹沒。幾百年來，威尼斯學會和潟湖一起生活，還有它的流沙，它的堤壩，它的狹窄航道，它的鹽和它奇特的蒼白。

姿丹娜高坐在水面上方一艘馬達船的甲板頂端，船剛離岸，要開往東南方四十公里外的基奧賈。她的風衣摺得整整齊齊擺在行李箱上，行李箱擱在身旁的長椅上。她戴了太陽眼鏡，因為潟湖正無情地反射著豔陽。

就在她下方，數千名遊客沿著碼頭閒晃。從上面往下看，當他們移動時，形成兩股相反的人流，一條朝向道奇宮，裸身雕像和精雕涼廊在陽光下閃耀著骨白，另一股人潮往東流經達涅利飯店，綠色百葉窗和哥德拱窗遮掩了飯店內部以金色與酒紅色裝飾的沙龍大廳和迴旋美梯。

雖然姿丹娜的蒼白皮膚和條紋洋裝看起來像外國人，但她沒有觀光客的氣息。她給人的印象是，她搭過這艘船很多次了。她的一些小動作和姿勢都很從容，好像她對自己正在做什麼以及要去哪裡都知道得一清二楚。一名船務主任注意到她，因為她很漂亮，有著高顴骨和一雙悲傷的眼睛，還有，她跟他一樣，不年輕了。他很好奇，不知她是不是個外國工程師，正要去考察某座舊鹽廠，聽說那些鹽廠正在整修。

眼下，她把東西一樣一樣從手提包裡拿出來，有條不紊地擺到腿上或摺好的風衣上。當馬達船稍微加速，一陣微風捲起她的頭髮，讓她的雙耳像小男孩那樣裸露出來。也許她不是工程師，那位穿著潔白制服的主任心想，也許她是個營養師或物理治療師。

她從包包裡拿出一個鑰匙環，上面吊了一隻銀熊，一本黑色日記，一小包面紙，一條捲成一團的頭巾，一小截鉛筆，一個橡皮擦，一些核桃。她時不時抬起頭，望著逐漸後退的城市以及水岸線，宛如簽名般舉世皆知的一條線，威尼斯！

道奇宮後面，高聳的鐘塔翱翔在聖馬可廣場上。先前建在那裡的鐘塔，因為浸水受損於一九〇二年倒塌，但奇蹟似地沒有造成任何傷亡。

在聖喬治馬喬雷大教堂後面，朱代卡島上，老遠之外，有個東西把光線投射在救世主教堂的矮寬圓頂上，像在傳達訊息般閃爍著。一塊鬆脫的金屬板？或是太陽正跟海水在哪裡嬉鬧著？在屬於救世主教堂的時代，這座建築曾經是某種祈願牌——如果我可以拿這麼高貴的雄偉建築和我賣的卑微小東西相比的話。

它在一五七六年計畫興建，是某次祈禱的還願禮，當時威尼斯正飽受黑死病蹂躪，三分之一的人口痛苦死去。黑死病奪走老人，也奪走年輕人。打扮成猛禽模樣還帶著一根手杖的陰森男人，穿越運河上的一座座橋梁，從一間醫務室走到另一間醫務室。人們謠傳他們是醫生，為了避免傳染，把自己從頭到腳包在油紙或篷布裡，還戴了黑色的帽子、眼鏡、耳罩、手套、靴子，嘴上還戴了一個像是巨型鳥嘴的玩意兒。他們在垂死發抖的身體間穿梭，用手杖挑起毯子的這端或那端，他們從大鳥嘴裡朝那些瘟疫纏身的病人灑下粉末和乾葉。晚上，這些黑死病醫生就跟真鳥甚至禿鷹一樣，消失無蹤。

人們在一五七六年許下的願望是：如果基督能大發慈悲饒過剩下的活口，威尼斯人就會替祂打造另一座傳奇大教堂。市議會立刻請求大建築師帕拉底歐起草設計，石匠開始切鑿石塊。半數人口活下來了，倒是帕拉底歐本人在四年後與世長辭。不過工程還是持續進行，座落在猶太島綠地上的這座教堂，終於在一五九二年完工，公認是帕拉底歐設計過最美麗的教堂。

姿丹娜從包包裡拿出一把梳子，金屬材質的梳齒尾端鑲著細小白球，把它擱到外套上之前，她又順著頭髮梳了一回。接下來，是她的斯洛伐克新護照，妮儂最新寄來的信，一個另外用來裝義大利里拉的錢包，以及裡頭那些不可思議的幾十萬紙鈔，一包阿斯匹靈，一盒粉餅，一張妮儂念小學的照片。

直到最近，飲用水都是威尼斯年年困擾的問題。水井和水槽經常乾涸，因此飲用水必須從布倫塔河用駁船跨越潟湖送進來。而駁船穿過這片淺鹹水所走的航道，就跟馬達船現在緩慢駛出的是同一條。只不過運水駁船的方向剛好相反。

再一次，姿丹娜抬起頭，摸了摸太陽眼鏡，朝西南方凝望。馬達船走得很慢，連船跡都留不下來。船尾的水面只輕輕晃動，海草在水裡游移如髮。莊嚴的安康聖母院蓋在道奇宮對面的三角形島尖上，此刻看起來就跟姿丹娜平放在面紙包上頭的打火機一樣大。

我會說，安康聖母院也是一塊祈願牌。

帕拉底歐死後四十年，黑病死重返威尼斯。十六個月內，奪走了五萬條人命，死者的屍體不是燒掉，就是用渡輪運過海面。然後，在某一刻，疫情似乎減弱了，像是暫時給了緩刑。當局於是匆匆為另一座教堂辦了設計競圖，並許願說，如果這個城市能再次得到赦免，新教堂將會矗立在威尼斯與大運河的入口尖端，做為感恩謝禮！

贏得競圖者是著名的巴達薩雷．隆格納，他用兩座圓頂八角廳，加上精雕細琢的天窗和宛如巨版鮑魚殼的扶壁，架構出這棟莊嚴的紀念物。

不過，要在島嶼最尖端打造這塊巨大的巴洛克祈願牌，好讓跨海來到這座城市的訪客第一眼和最後一眼看到的都是它，就非得強化土壤、給與支撐不可，否則，這整棟華廈會有淹沒之虞。於是，他們在土裡打入一百萬根橡木、落葉松和接骨木杜椿，構成一座木筏，用來支撐這棟石造建築。

今日，威尼斯人把安康聖母院的輪形扶壁稱為她的「orecchioni」，她的大耳朵。

一把扁梳子，一條唇膏，一本綠色筆記簿，一張購物清單，一對耳環，一些旅行支票。在參加女兒婚禮的這趟旅程中，姿丹娜希望把一切安排得井井有條，周全完備。手提袋裡的物品是她的最後修飾。她希望跟自己有關的一切，都有個清晰、明確的輪廓，可以在她和女兒碰面時，幫忙她展現自信。姿丹娜以她自己的方式組織安排，但她的理由，倒是和隆格納與帕拉底歐並無二致。

這名外國女子的行為讓船務主任愈來愈好奇，他從她旁邊晃過去兩次，想讓自己打定主意。第一次，他朝她微笑，但她的回應是走到船舷旁邊，然後，把手提包上下顛倒，抖了幾下。三隻海鷗在附近突襲檢查，尖叫聲在牠們身後拖拉著。接著，海鷗消失，她回到座位上。

天氣很熱，對吧，女士？

不好意思，我不會講義大利文，她用她那很不相稱的充滿感情的聲音回答。

妳會講英文？

天氣太熱了，不適合說英文……

姿丹娜小心翼翼地，把東西放回包包裡。船隻被寂靜不動的潟湖包圍著，就像一個在清晨離家的人，被嶄新而沒有盡頭的一天包圍著。粉餅，黑色日記，一小截鉛筆，義大利里拉。

船正駛離，也從我身邊駛離。

在她還沒打開的那本日記的第一頁，姿丹娜幫她的字典寫了一條筆記。她的字很小，很挺，彷彿那些字母都是數字：

「K。卡爾·考茨基。一八五四年生於布拉格（搜尋過他的房子但找不到）。漫長的一生，不斷從事政治鬥爭，對抗剝削、殖民主義、戰爭（他留了那個時代男人特有的鬍子）。始終對自己的信念堅定不移，認為歷史是有意義的。馬克思主義者（當過恩格斯的書記）。一生中，至少流亡過四次（他得重新開始四次）。到了六十幾歲時，他費盡千辛萬苦做出結論：暴力革命是不必要的。一九一九年，列寧稱他為叛徒。一九四七年後，在我們的國家（他死於一九三八年，流亡阿姆斯特丹期間），他的名字已經和懦弱、退卻以及反革命陰謀畫上等號。如果國家檢察官把你的名字和考茨基括在一起，形同求處死刑。」

我聽不到馬達船的聲音，水面也沒發出任何噪響。此刻萬籟俱寂。

在同一本日記的後面某頁，姿丹娜抄了一段她在報紙上讀到的文章摘要。那頁一開始，用鉛筆寫了幾個大寫字母，是**痛**這個字。

「針對這項疾病的治療方法，一名醫生表示，通常都不是直接治療他們遭受的苦楚和疼痛。然而身體的痛會引發心理的惱，進而惡化疼痛。當愛滋病毒進占之後，身體就無法抵擋感染和寄生蟲，它們會導致如同地獄般的搔癢、噁心、胃痙攣、口瘡、放療後的偏頭痛和腿部刺痛，而以上這些，又會伴隨著沉重的疲勞感，接連打擊，結果就是會封閉一切，讓病人不敢抱有任何想望——如同善意顧問有時會建議的。痛把病人隔離、孤立、癱瘓，它也會讓人產生徹底失敗、被擊垮的感覺。往往，為了把愛滋病人痛苦的複雜程度考慮進去，他們所受的苦楚，必須到達會干擾其他病人的程度，院方才會採取步驟來緩解它……」

可以請問妳此行的任務嗎，女士？

炸掉你的船！

哈！哈！女士你很有幽默感啊。

船務主任等待著，然後突然走開，好像臨時想起有什麼事情得去做似的。

她的手提包整理好了，姿丹娜走到船舷，凝望著平靜無波、無物映照的潟湖。

船隻改變了方向，引起一陣微風，從她潮溼的前額揚起一綹髮絲。

她走到船首，等在那裡，讓微風冷卻她的臉，之後，她回到長椅上。

她打開無比整齊的包包，找出日記和那截鉛筆。在六月六日那頁上，她用直挺挺的字跡寫著：讓這些日子永遠不要結束，讓它們像幾世紀一樣長！

◆

在波隆納醫院裡，我想請他們告訴我真相，彷彿有另一個真相存在似的！我阻止自己發問，因為我知道，真相只有一個——我會死。

我隨即聽到第二個聲音，小聲耳語著。吉諾講話的聲音，會讓我想到一個正彎著腰雙手忙和的男人，猛然抬起頭來，對著一名停下腳步看著他的路人微笑。我就是那個路人。

這尾「luciopercа」，吉諾輕聲說，這尾五公斤重的梭鱸，將會是婚宴上的第一道菜。艾瑪努埃拉姑媽已經花了三天的時間準備菜餚。我邀請了擺攤的朋友，還有克雷莫納的一支搖滾樂團。

今天早上我捉到這尾梭鱸，打算親自烹煮。姑媽是家族裡唯一一個可以捉緊活鰻魚，用一把小斧頭，一下就把魚頭砍下來的人。她會跟鰻魚講話。輪到我的時候，鰻魚總是會緊緊纏住我的手臂。不過，我還是打算自己處理這尾梭鱸，因為他是我準備的驚喜。

妮儂有她的祕密，比方說她打算在新娘禮服下面穿些什麼，這我得到明天晚上才能知曉，而梭鱸就是我的祕密，要等到我們在婚宴桌上坐定之後，妮儂才會看見，那時，我已經牽著她過橋，她大概會把那雙銀色鞋子踢掉，然後會有個女孩把它們重新穿到她腳上，我們的婚禮完成了。

我打算做一條冷魚凍。長八十三公分。連神父都會挑起眉毛，因為梭鱸看起來有金屬感——有氧化銅的綠，然後是紅銅，然後是銀……一條來自水底的金屬魚。

他們叫他貓頭鷹魚，因為他有特大號眼睛，眼睛長這麼大，是因為他活在宛如黑夜的河底，兩公尺、三公尺或三公尺半那麼深。他不會游到水面來。他們，這些魚，結夥住在河床上。你和你的河！妮儂氣鼓鼓地說。中午回家時她逮到我，吉諾，你在找什麼？一隻青蛙，我一邊說一邊像青蛙那樣跳，一隻大牛蛙。她已經好幾個月都沒辦法與我一同大笑，但今天早上她笑了。看到我學青蛙的動作，她笑得前仰後闔，但是她的眼睛，依然困惑地看著自己的笑容。

要知道這種大魚待在哪裡，你得要了解河，你必須去感受河的天性。魚就是用牠們自己的方法做著這件事。他們常常會騙過你，不管是鯉魚，還是梭魚。

你可以看到那裡嗎？那裡的鱗片顏色比較深一點，像一條窄窄的小路，沿著他的側面。那是他的側線，他就是用這個聆聽河流。

我告訴妮儂，她也有一條側線，我用我的手指追蹤它。她的側線是從耳朵下面開始，往下走到她的手臂，在她胸部的小山上繞了個圈，順著肋骨一階一階往下跑，保持在肚臍與臀部的正中間，然後滑到她的「森林」邊緣，像眼淚一樣從她柔軟的大腿內側流到她的腳踝。有好幾個月她都笑不出來。有好幾個月她都不肯讓我靠近她。

妳有兩條側線，我逗她，左邊和右邊，而且一路都有眼睫毛！

你瘋了，吉諾，她說，這該死的病讓你沒了腦子。

於是我用雙臂抱著她，告訴她那些銀色的魚鱗下面有毛孔，裡頭有一些類似味蕾的凸起物，側線上只有這些東西的尾端有一些迷你的眼淚，而且淚管周圍有睫毛，有些軟，有些硬，它們會記錄水流裡每一個最輕微的顫動，把水裡的所有變化當成訊息傳送出去，包括身體的些微移動，或是撥開水流的一顆石子。那些睫毛是真的，我告訴她，我沒瘋。妮儂有一雙時而翠綠、時而金黃的眸子。

我跟在市集上碰到的一位醫生，說了那些日期和她最新的淋巴細胞數值，根據這位帕馬醫生的說法，我們或許可以指望，還有個一年、兩年、三年或三年半的時間，可以拍手鼓掌——倘若她還有什麼事情值得鼓掌的話。之後，病狀就會開始。誰也不能保證什麼。

把海鮮高湯要用的月桂葉、百里香和茴香綁在一起，加入白酒、胡椒粒、切好的洋蔥和一些檸檬皮。煮魚的鍋子是艾瑪努埃拉姑媽的——你可以在裡頭煮一整條鮪魚。

不管是從哪裡捉到的，這是我看過最大尾的梭鱸。今天早上，我知道他們在那裡，這些大塊頭的食肉動物。別問我怎麼知道。有根落葉松的樹幹掉進水裡抵著河岸，水流把它的樹皮全部剝乾淨了。那不是一個適合拋竿的地方，因為魚線很容易會跟樹枝纏在一起。要小心，我告訴自己。慢慢來。我這個瘋男人看著魚線往下沉，一公尺，兩公尺，三公尺，三公尺半，直到小小的咬鉛碰觸到河床。我用一隻活靈活現的銀歐鯉做餌，抖動魚竿，讓它像活生生的白楊魚一樣，沿著淤泥微微躍起，一副受傷的模樣，魚線絕對不能放得太鬆，要讓它像鋼琴上的黑鍵依次彈起，這樣，梭鱸就會相信它是一尾受傷的白楊魚，然後張開大口，吞下魚鉤。那隻食肉動物上當了。接下來的戰鬥，就是別讓他把我拖纏到那棵樹上。每一次我都搶先他一步。專心預測他的每一個動作。把其他一切拋到腦後。現在，我看著他躺在廚房餐桌上！

接下來這幾年，我們就是要這樣瘋狂、靈活又謹慎地過日子。三者都要。那個拳擊手馬泰歐說我瘋了。他說我在浪擲生命。大多數人都在浪擲生命，我說，但我不是。

我告訴她，魚類是用側線聆聽自己誕生的河流。我跟她說這些的時候，她睡著了，微笑著。

◆

馬達船抵達基奧賈碼頭時，信號員等在那裡。尚・費雷羅和姿丹娜・霍勒塞克在船繫緊之前就看到彼此，但他們沒有揮手。她走下跳板，穿過石頭鋪面，走到他和機車所在的地方，他們旁邊是一座白橋，很像威尼斯的嘆息橋，只是沒有頂端的穹隆。他已經脫下安全帽。

他們凝視彼此雙眸，在裡頭看到同一種疼痛，然後往前傾向彼此懷裡。

尚！她那無可救藥、充滿感染力的聲音，帶著他的名字跨越這片大陸。

姿丹娜！他輕喚著。

他們沿著公路騎向科馬基奧，在摩托車上，他們的悲哀變得稍微輕盈了一些。和所有後面載了乘客的重機騎士一樣，他感覺到她的重量傾靠在他背上；和所有後座乘客一樣，她把她的生命交到他手裡，而這，多多少少舒緩了一點痛。

我轉了一圈又一圈，我可以在鏡子裡看到它。它將讓你屏息——我的結婚禮服！

◆

位在戈里諾的婚禮還沒舉行。不過，就像古希臘悲劇家索福克勒斯所認為的，故事的未來永遠體現於當下。婚禮還沒開始，晚一點我會告訴你們。此刻大家都還在睡。

天空清朗，月亮近乎滿圓。我猜，睡在艾瑪努埃拉姑媽家的妮儂會是第一個醒來的人。距離天亮還很久。她會用毛巾把頭纏起來，清洗身體。洗完後，她會站到落地鏡前面，像要尋找哪裡有個痛點或有個污斑似地觸摸自己。什麼也沒找到。她抬起她纏了毛巾的頭，一如娜芙蒂蒂。

當波河趨近大海時，它變成兩隻手，河水如十根張開的手指。不過，這也要看你是怎麼算的。你也可以說，它變成四隻手，二十根手指。河水無時無刻變化不停，只有在地圖上才會保持不變。陸地其實常低於河流或海洋。在水分汲乾的地方種了番茄和菸草。更為荒涼的條狀地上，植物有著小莢而非葉片：這些來自遠古的植物是海藻的表兄弟。這地區人口稀疏，幾乎稱不上是一個地方。戈里諾小村就位於波迪戈羅這條支流上。

古人相信，創世的第一個動作是分開天與地，但這其實滿困難的，因為天與地渴望著彼此，並不想分開。戈里諾周圍的土地甚至變成了水，好跟天空盡可能靠近，像鏡子一般映照著它。

波河三角洲居民住的房子，狹小又簡陋。鹽把建材一口口吃掉。這些房子很多都沒有花園，取而代之的，是一張繃得跟房子一樣大的網，用絞盤把網旋下去，就可以捕魚。天空滿布飛鳥——鸕鶿、鷸鷸、燕鷗、蒼鷺、鴨子、小白鷺、海鷗，他們吃魚。

在艾瑪努埃拉姑媽的小房子裡，費德里科第二個醒來，當水面反射出第一道光線的時候，他就開始把長椅、撐架和木板從屋裡搬出來，擺到旁邊種了三棵蘋果樹的田裡。接著，他會去把吉諾擺攤用的陽傘和木頭輪輻拿過來，每把的直徑都有三公尺。

艾瑪努埃拉姑媽上著髮捲，正在廚房煮咖啡。就是今天了！她說，一邊用買咖啡機附贈的小茶匙把研磨好的咖啡壓平：就是今天了！

穿過廚房漆黑的窗戶，遠方一輛汽車的大燈閃爍，它正沿著屋頂上方的堤壩開過來，宛如一架飛機準備著陸。

來的人最好是羅貝托，費德里科跟他妹妹說，我們應該馬上開始煮，得要花上四小時甚至五小時，才能把羔羊煮好。

羅貝托知道該怎麼做，費德里科。

他是摩德納最棒的肉販，吉諾告訴我，他的小牛肉片是從《聖經》裡撕下來的紙頁！

我很高興吉諾沒睡在這裡，這裡有你一個就夠熱鬧了。

妳只管煮妳的鰻魚，艾瑪努埃拉，還有照顧好那些女人。

我看到她的時候，她是那麼美，讓我好想哭。

誰告訴妳的？費德里科追問。

告訴我什麼？我只是說她很漂亮。

那就別講什麼哭不哭的。

你有什麼毛病啊，費德里科？

煮妳的鰻魚，女人。

等火夠熱了我就會開始，還沒熱可不成。

汽車喇叭響起，車到了，羅貝托從駕駛座上朝站在門口的費德里科大喊：廚房在哪裡，伯爵？

在旁邊的田裡，過來先喝杯咖啡。

汽車吵醒了其他女人：雷菈、瑪蕾拉和姿丹娜。費德里科是那天晚上睡在屋裡的唯一男人。他睡在沙發上。至於其他人是怎麼處理的，他不知道。他只知道他妹妹堅持要把她的雙人床讓給妮儂睡。今天晚上，準新娘一定要單獨睡，她說。

當太陽高到足以照亮提頂青草，但還來不及在小村廣場上投下任何陰影之前，吉諾市集裡的其他朋友也會開著廂型車抵達：路卡，麵食大廚；艾可雷，賣珠寶和香料的；倫佐，起司商人和他的妻子娜娜；吉塞拉，他賣各式各樣的亞洲絲；還有史柯托，只賣西瓜而且會仔細聆聽西瓜的聲響，好像它們都是神諭似的。街頭小販，不管賣的是祈願牌或香瓜，圍巾或肉品，都有一些共同點——知道怎麼引人注意，怎麼開玩笑，怎麼早起，怎麼把自己放到可能有人潮的地方。累了的時候，小販們渴望安靜，不過也害怕安靜，就像演員害怕空盪盪的戲院。我拄著我的白楊杖在吉諾的朋友間閒晃，感覺無比自在。

他們在空地上把廂型車停成一個圓圈，這讓我想起姿丹娜在布拉提斯拉瓦買鳥哨的那個地下室。但這裡是「露天地下室」，天花板是天空，比海平面還低，也比矗立著教堂和戰爭紀念碑的小村廣場還低。在那個廂型車圍成的圓圈中間，肉販羅貝托已經開始料理羔羊。羊體在烤架上轉動著，下方是填了了木頭餘燼的火盆。他時不時會用帽子大小的湯勺，從事先準備好的一桶醃料裡舀出醃料淋到肉上。費德里科在一旁，偶爾用鼓風器助長火勢。一群穿著潔白襯衫的男人，邊看邊評論：這烤肉的味道聞起來，就像是人類有饗宴以來，每一個值得歡慶的日子。在廂型車裡聊天的女人，正在為她們的帽子與妝容做最後的打點。屋子裡，雷菈已經為新娘的禮服忙了兩小時。

婚禮將在上午十一點半於戈里諾教堂舉行。

儀式結束後，將有一百人在廣場上等待，包括婚禮賓客和村民。教堂門廊對面是一株巨大的懸鈴木，周圍排好了桌子和數十個晶瑩閃爍的酒杯，桌子的一側還放了墨綠色的氣泡酒瓶。費德里科有條不紊地轉動酒杯，一一讓杯口朝上。有些男人生來就是當主人的料，要他們當客人或觀眾反而很困難。這類男人通常會過著相對孤獨的生活——幫派流氓、遠洋船員、牲畜販子……費德里科也是隻孤鳥，他一直要看到證婚神父走進教堂，管風琴也開始演奏之後，才穿上他那件金光閃閃的條紋西裝。現在，典禮結束了，他把氣泡酒倒進酒杯裡，因為他知道他可以做得比任何服務生更棒。他們會灑出太多酒。

小孩都從學校裡跑出來看。他們從沒在村裡見過這麼多陌生人，甚至夏天時偶爾開來一輛巴士，觀光客下車看燈塔時，也沒這麼多。今天，在場的女人戴著很像電視女演員的帽子，那些男人還在釦眼裡插了玫瑰，而且到處都有珠寶。

他們在等什麼？

沒什麼特別的。

你有看到那場宴會嗎？我剛走到房子後面的桌子那裡。你能想到的每一樣東西，那裡都有喔——哈密瓜和生火腿和蘆筍——

冰淇淋？

他們正在煮一頭羊。

那是羔羊。

他們到底在等什麼？

才剛開始而已，婚禮都這樣。

你怎麼知道？

我姊姊結過婚啊。會搞上一整晚，一整晚喔。

一個男孩用手指比出做愛的姿勢。而姊姊已經結婚的男孩，張開手掌揮到那男孩的鼻子。

妮儂和吉諾的朋友們站在教堂門廊上，手裡握滿生米，等新人一出現，就要灑到他們頭上。那些米可能是來自韋爾切利，尚．費雷羅的父母就是在一九三〇年代從那裡移民法國的。

尚站在姿丹娜身後，像出席政治集會的委任代表一樣掃視群眾；自他成年之後，只有參加共黨大會時才會穿襯衫打領帶。他幾乎要脫口說出「同志」一詞，情急之下，他把一隻大手擱到姿丹娜肩膀上，她隨即用她疼痛的手指輕碰他的手。

突然間，新郎、新娘出現了。米雨灑落。一名女人鼓起掌來，也陷入回憶。證婚神父綻露笑容。

氣流撲拍著妮儂的頭紗，她的白色喇叭裙襯著顫動的蕾絲下襬，寬鬆的蓬蓬袖緊繫在手腕處，她穿著閃閃發亮的銀鞋，走進廣場時顯得那般嬌美柔弱，彷彿半要踉蹌、半要飄走似的，而吉諾移動雙腳的姿態，就好像他踏出的每一步，都能及時把他倆牢牢穩住——所有這一切，都見證了那股神祕溫柔卻又無可抵擋的狂風力道。你有注意過，其他婚禮也有吹這麼大的風嗎？連新人的神情都被狂風捲走了。

姿丹娜和尚凝望著他們的女兒和女婿，在這一刻，他們的臉上的表情也跟孩子們一樣震驚。

他們結婚了，一個男人喊道，新娘萬歲！

拍張照片，請吧，來自費拉拉的政府攝影師說，拍張照片，請新娘拿著捧花。

去把捧花拿來！她放在教堂裡。

它被風吹走了，一名小女孩小聲說，不知道自己為什麼要這麼說。

吉諾牽著妮儂的手，靠得更近，並肩站著，她的肩膀倚靠著他，兩人等待著狂風過去。

親他一下，香料人艾可雷大喊，快啊，親他一下。

噓！他們有一輩子的時間可以親。放過他們，安靜。

她好可愛啊，咪咪說，她是麵食大廚路卡的老婆，太可愛了，她應該生十個小孩！她在十根肉肉的手指上數著小孩的數量。

這年頭沒有人生十個小孩的啦，咪咪。

年輕人知道我們父母不知道的事。

要把她的頭髮全部綁成這些小辮子，肯定要花上好幾個小時。

這種辮子叫什麼？

說是叫雷鬼頭。不過他們說錯了，從沒看過這麼多的。

服務生把一杯杯氣泡酒遞出去。

瑪蕾拉和妮儂眼神交會，用手送了一個飛吻給她。她的雙眼盈滿淚水。

拍完最後一張照片，妮儂挽著丈夫的手臂。狂風減緩了。她的丈夫把頭靠向她，她在他耳邊說：所以，從現在開始我們要一起快跑了，野兔，是嗎？今天我得做完每一件事……每一件事，你知道的。

他將為她呈上躺在銀盤裡的梭鱸，魚身消失在肉凍裡，閃亮如月光，每只鱗片似銀似金，還用杏仁、香菜葉和寶石紅甜椒增添了貴氣，他會把銀盤轉個方向，讓妮儂看到梭鱸用尾巴站著的模樣，宛如一襲貼身長洋裝的舞者正在等待音樂響起。這時，妮儂會握住吉諾的手指，用那根指頭在她的身體上，順著他告訴過她的側線一路往下。等她把他的手指鬆開，她會用鞋尖在蘋果樹下的草地上輕輕點著，並命令他：看著我，老公，從現在開始我是你妻子。然後，她會放聲大笑。那笑聲來自另一個時代，來自一種失傳的語言。

他們將並肩坐在大桌上，身邊圍繞著三十名賓客，她會留意正在發生的點點滴滴。沒有什麼能逃過她的法眼。婚宴是最幸福的，因為新事物正在開啟，而這種嶄新的感受會引發食慾，即便是最年老的賓客也不例外。

倫佐和艾可雷將把艾瑪努埃拉扛在肩膀上走出來，她會在頭上高頂著一個和腳踏車輪一樣寬的圓盤，裡頭堆滿了她用獨門祕方烹煮的鰻魚：把鰻魚切成厚片，和鼠尾草、月桂葉以及迷迭香串在一起，塗上魚油，然後大火燒烤，直到皮整個變黑。最後，把鰻魚擺到跟腳踏車輪一樣寬的圓盤上，連同克雷蒙納芥末醬一起呈上，那是用芥子油、哈密瓜、南瓜、小柳橙，以及杏桃做成的，食譜可追溯到詩人阿斯克里皮亞底斯的時代。多美妙啊，詩人說，多美妙的陣陣春風，揚起渴航水手的帆……

妮儂將率先鼓掌，男人歡聲雷動，而臉蛋被火燻紅的艾瑪努埃拉，那位寡婦，會驀然想起丈夫對著她說：「如果妳願意嫁給我，我有這棟房子和一艘船……」

那兩個男人把寡婦放了下來，她把菜餚擺到新人面前，妮儂親吻她，直到那一刻，艾瑪努埃拉才撩起圍裙下襬揩了眼睛。

尚從盛滿碎冰的藍桶中把氣泡酒分裝到瓶子裡：那個塑膠桶，是艾瑪努埃拉姑媽的丈夫去世前在漁船上用的諸多桶子之一。尚打開其中一瓶，倒入最近的幾只酒杯裡，之後，他坐到瑪蕾拉旁邊。他們周圍其他酒瓶打開時，在蘋果樹下發出剝剝聲。

不管在哪裡，我都能認出你是妮儂的父親，瑪蕾拉說。

我們長得很像嗎？

你們笑的樣子很像。

有那麼一會，尚覺得害羞，說不出話來。

妳是她最好的朋友，他終於說話了。

對，在摩德納，我是。你有注意到嗎？沒人能把目光從她身上移開，連吃東西的時候也一樣。

她是新娘啊，尚說。

而且她是那樣下定決心，下定決心要活下去。她說得很小聲，兩人的頭緊靠在一起。你有個頑強的女兒，費雷羅先生。

妳一直給她很大的幫助。

我是她朋友啊，的確，我覺得我跟她比以前更親近了。但我能做什麼呢？我發明了「史戴拉」這個說法。還有，我跟吉諾說要有耐心。我告訴他，她被判了死刑。死了。當你知道她已經知道的那件事，那彷彿會殺了你。我告訴他，他得要等，也許，只是也許，她會有第二個人生，如果他真的要她的話，我加了這句。你知道他怎麼回答嗎？他讓我大吃一驚，吉諾沒絲毫猶豫地說，她的第二個人生，會從我們結婚那天開始。他們之前從沒想過要結婚。現在，看看他們。

姿丹娜坐在史柯托旁邊，那個西瓜小販。

幸福嗎？史柯托問，我們幸福嗎？

姿丹娜垂下雙眼。

太陽刺到妳的眼睛嗎？他問，一邊做出眼花的模樣，還把墨鏡遞給她。她搖搖頭，同時從她井然有序的手提包裡拿出自己的墨鏡。

每個人都在吃飯聊天，說笑喝酒。這此起彼落的宴會噪音，之後誰也回想不起來，直到他們有幸能在另一場宴會裡找到自己。

好吃嗎？西瓜小販問姿丹娜。

第一次吃，姿丹娜說。

在史柯托那雙悲傷的小丑眼睛後面，有一種對於無法回答的問題的熱愛。鰻魚是一個偉大的謎，他說，就跟萬事萬物一樣。

跟某些事物一樣。

是很多事物，女士，所有生物裡面最神祕的，莫過於anguilla（鰻魚）。

他望著桌子另一邊的尚，希望他能幫忙翻譯。

Misterioso（神祕）。

尚一句一句翻著。

他們沒有肺，史柯托開始說，不過他們離開水以後，還能活上好幾天。沒人知道他們是怎麼活下來的。他們游泳，游很快，他們還能穿越陸地。他們要在土裡鑽洞時，會先把尾巴捲成葡萄酒開瓶器的模樣。

姿丹娜一邊聽著鰻魚的故事，一邊凝望著女兒。

母的比公的大隻，他們準備下蛋時，肚子會變成銀色，臉會往外凸，他們會笑……高潮來時，為了嘗到更鹹的水，他們會想要離開河流，前往大海。這是捕捉他們的最好機會。上百萬條鰻魚就這樣游進我們稱為堰的陷阱裡。不過有些還是逃走了。我們不知道他們是怎麼逃走的。和這些生物有關的每一件事，都是個謎。

真希望我能代替她，姿丹娜輕聲對尚說。

那些找到方法前往大海的鰻魚，抵達大西洋，然後游過大洋來到馬尾藻海，那裡比所有人想像的都更深，他們在那裡的海床上產卵，由雄鰻魚負責養育。

妮儂突然笑了，因為艾瑪努埃拉跟她講了個笑話。她的笑聲聽起來，彷彿笑聲本身就是笑話，然後那個笑話像紡紗似地繞著地球愈轉愈快，快到只有那個笑話可以穩住不會頭暈，而且還像男人的陰莖一樣愈脹愈大，射出笑聲、光點，和糖粒，然後她回頭吞下氣泡酒，跟那些泡沫玩耍，把泡沫傳給每一個後來者，並在他們加入她的笑聲時給他們一個吻。

小鰻魚展開他們漫長的返家之旅，史柯托說。這得花上兩年、三年或四年。當他們抵達這裡的時候，女士，他們還沒有一英寸的鞋帶大呢！

那些鰻魚爸媽呢？尚問。

死在馬尾藻海了。小鰻魚得自己回家。

我不敢相信，姿丹娜說。

再一次，她聽到女兒的笑聲。姿丹娜突然把頭往後仰。在她上方的蘋果樹枝後面，是一片閃閃發亮的天空，有那麼一瞬間，沒來由地，姿丹娜感到幸福。

我提議大家舉杯，費德里科站起來宣布，為我們孩子的幸福舉杯。

幸福，史柯托說，來吧，幸福！

接著他們將會吃肉。海面平靜，往南再往南，就會來到我的愛琴海。介於波河手指般支流間的大海，默默低調地滑入潟湖，居民在這裡捕捉淡菜，這裡的淺水一度驅使水手們瘋狂渴望離開這片沼澤，航向全世界。潟湖拍打著堤壩，後者保護了散居的民宅、教堂、小村廣場以及巴士站旁的長椅。從教堂的尖塔上，可以聞到烤肉香。低於廣場，更遠低於潟湖的，是小屋旁種了三株蘋果樹的果園。屋子後面是青草地，廂型車停在那裡，羅貝托和吉諾正在剖切羔羊。我聽到磨刀的聲音，還有男人的笑語。火的氣味飄懸四方。在果園的餐桌四周，女賓客們盛裝華服，男賓客穿著最柔軟的皮鞋，他們有的閒坐，有的散步，有的懶躺，但他們所有人都圍繞著新娘。她不讓他們走，或是他們不讓她走？就跟舞台上的演員一樣，你很難知道何者為真；兩者都是真的。她的禮服在蘋果樹的枝枒間閃爍。

羅貝托和吉諾將端著羊肉走進果園，羊肉片好了，盛在和手臂一般長的方形木板上。他們的臉沾了肉渣。隨著大家開始吃肉，宴會的氛圍有些改變，最後的儀式交給了某個更富古意的東西。玫瑰粉色，滲了大蒜，嗆了百里香和木燻煙的羔羊，有一種年輕肉體和宛如新割青草的、動物的氣味。

吃一輩子！妮儂將如此歡呼。吉諾和我，我們一起去山上，我們想要那裡的一隻羊，我們說，就要有黑鼻子那隻，因為我們的手對他有感應，他就是我們的羔羊！羅貝托跑哪去了？為羅貝托舉杯，感謝他替我們烹煮！

羅貝托親了新娘，把弄髒的雙手背在身後，免得沾染她的禮服。

果園餐桌旁的每個人都坐下來吃。他們會喝深色的巴羅洛葡萄酒來搭配這肉。賓客們的肢體接觸愈來愈頻繁，笑話也愈傳愈快速。當某個人遺忘了什麼，另一個人就會幫他或她記起來。他們歡笑握手。有人開始把身上穿戴的衣物脫了——一條領帶，一條圍巾，一件夾克，一雙太緊的涼鞋。木板上的肉得要用手拿起來，用牙齒剔乾淨。大家分享著。

婚禮賓客集體變成一隻被餵得很飽的動物，就在寡婦的果園裡，一隻奇怪的、半神話的生物，像是長了三十顆或更多顆頭的羊男。這種生物可能和人類發現火的歷史一樣古老，牠活不過一、兩天，要等到有其他事情需要慶祝時，才會重生。這就是饗宴難得的原因。對那些變成這種生物的人來說，重要的是，找到一個名字，讓牠活著的時候可以回應，因為唯有如此，他們才能在往後的記憶中召回牠，回想起曾經有那麼一會兒，他們遺失在牠的幸福裡。

路卡會從他的廂型車裡端出結婚蛋糕，共有五層，用噴了三色糖霜的橙花花束裝飾著。最頂層的蛋糕上，用銀月的顏色寫了一個名字：吉儂（GINON）。只有五個字母，他說，你們兩個都在裡面！我把那些花弄好時，突然就看到這個字。妳知道我接著要做什麼嗎，咪咪？我說。我要寫上「吉儂」。把他們兩個合而為一！

而這個名字，就是果園裡那隻長了三十顆頭的生物永遠的名字。

妮儂將會把蛋糕分給來參加婚禮的每一個人，由她親自分送。他們會許下願望，他們會記得，他們會對它的甜美津津樂道。每一塊蛋糕上面，都有噴了糖霜的橙花花瓣。

她把盤子高舉胸前。在每位賓客前面停下，不發一語，只是微笑著垂下雙眼和長長的睫毛，讓賓客感覺到，新娘傾下了頭。在她捧住的盤子後面，禮服緊身上衣的白色釦子，在它們小小的白色棉環裡緊拉著。最上面三顆已經解開。

她頭上的三十根小辮子，隨著她的腳步上下跳動，不停旋轉，這些辮子可是花了無比的耐心和時間才編好的，所以她提議，結婚之後，吉諾每天晚上只能拆掉一條。每天晚上，他們都會選出一條小辮子。

她的左手戴了來自非洲的烏龜戒指，今天烏龜回家，游向她，面對著她的手腕。她的右手，是之前從沒戴過的婚戒，五個小時前，吉諾把它套進她手指，她會一輩子戴在手上，直到去世。

漸漸的，每個人都停下聊天，注視著她。她的步伐是那樣輕盈，卻又無比莊嚴。

我正離妳而去，希臘女詩人阿尼特說：我正離你而去，死神將祂的黑頭巾拉過我雙眼，我正前往的地方，是黑暗。

孩子們從學校裡出來。好幾個飛奔過廣場，俯瞰果園。

他們還在那裡！

新娘已經脫掉那個不知道叫什麼名字的小東西！你看他——草地上那個——他喝醉了。

婚禮上總是會有人喝醉，他們終於等到藉口，我媽說的。

等我結婚的時候，我要——

她在幹麼？

等妳結婚！首先，妳得要找一個夠大的男生——

她在跟我們揮手！

她要我們下去。

他們滾下堤岸，又叫又笑的。當妮儂端著盤子走近時，他們變得有些害羞。他們拿了一塊——但不確定是該馬上吃還是等下再吃。

吃啊！費德里科下令，這會是你們這輩子吃過最好吃的蛋糕喔。

奇哥，他十二歲，是飛雅特汽車維修員的兒子，他目不轉睛地盯著她，根本忘了要伸出手去拿蛋糕。

是什麼呢？他的眼神問著：她底下是什麼呢？之前，他從沒跟新娘靠這麼近過。她底下是什麼呢？她每天都一樣嗎？她的衣服已經脫了一半。還是她不一樣，因為沒有哪兩天是一樣的？他知道他們怎麼打炮，那沒什麼神祕的，他看過夠多連環漫畫，可是她那麼小，看起來幾乎不比他大，而且神祕的是她的皮膚，閃閃發亮，亮光來自她的腿、她的身體、她的臉、她奇怪的頭髮，以及她可以用它們做的千萬種事情。皮膚閃亮發光，有一種溫度和氣味，而且會隨著她的眼神和她手指的觸碰而改變。她準備把某樣東西獻給所嫁的那個男人。如果他閉上眼睛，他可以猜出那是什麼。那不是當你把手指放在那裡的時候，對女孩們產生的感覺。如果他閉上眼睛，他可以猜到，她打算給他一個屬於新娘的祕密。所有士兵都知道，每個新娘都是這樣。女友盛裝打扮，準備在結婚大床上把她們的祕密獻給男人。重點是，每個祕密都是睜開眼睛時猜不到的祕密。所以，祕密持續下去。她整個人就是那個祕密本身，而那個祕密甜美又溫暖，沒有任何東西阻擋廝磨，沒有任何東西隔開他們，底下的一切都在幫忙。如橙花一般純潔，新娘的祕密，是糖的味道。在已經脫掉的禮服底下，那棵樹裡面，一隻小鳥正在訴說什麼呢？

你叫什麼名字？妮儂問他。

奇哥。

你想要一塊我的結婚蛋糕嗎，奇哥？

這是白天最熱的時刻。連蝴蝶都棲息在壩頂的罌粟花上，懶撲慢拍。賣西瓜的史柯托從一輛廂型車裡拿了幾壺冰茶過來。吉諾找到一根水管，把紅色塑膠浴盆注滿冷水。一些小孩早已把頭浸了下去，正在甩乾頭髮。

妮儂往屋裡走去的途中把裙子弄溼了，感覺雙腿上有一個冰涼的圖騰，在襪子有蕾絲孔洞的地方放了水進去。

昨晚，在屬於她的那間臥房裡，她在頸背上點了幾滴父親送她的香水。沙巴。她不知道今晚他們要睡在哪裡。吉諾說，那是祕密。也許他們根本不必睡……

姿丹娜跟隨女兒走進屋裡。

躺個十分鐘吧，我的小東西，姿丹娜說，妳不能太累。

他們在按喇叭！樂手來了。妮儂哼起那首曲子：《上禮拜五把禮拜一逼瘋》。他們跟吉諾一樣野，她說。把禮拜一逼瘋……

別把自己累垮了，姿丹娜說，還有一整晚要忙呢，親愛的。躺個十分鐘。

不累！今天我不會累。今天我能做的事情，超過妳一輩子能做的，母親。

這倒是真的。

妳甚至沒結婚，對嗎？妳離開和回來的時候都沒有。也許有一天妳會結婚，媽媽。我希望妳有那麼一天。一個肩膀寬厚的熱情男人，現在妳不認識他……然後有一天，妳會把女兒妮儂的事講給他聽，還有她在這棟房子舉行的婚禮，以及果園的盛宴。

姿丹娜無法阻止眼淚從眼角流下。

擦一點爸爸的香水。妮儂把香水瓶遞給母親。它叫沙巴。妮儂活著，妳看到了啊。今天早上妮儂結婚了，妳看到了啊。別再說什麼妮儂累了。

一輛卡車停在廣場上的懸鈴木旁邊。五個男人爬了出來，每個都留了一頭長髮，袖子還有流蘇。他們一副累到沒法走路、講話的模樣。其中兩個靠在卡車上，一個躺在巴士站牌旁邊的長椅上，另外兩個抬頭仰望天空。也許他們在等待自己的音樂，好讓他們想起，當初為何答應要來這個該死的廣場演奏。

很久以前，有個羅馬執政官在一棵懸鈴木的中空樹幹裡，為十八名賓客舉行晚宴。也是在懸鈴木永恆的樹蔭下，宙斯化身成金牛，引誘歐羅巴。我現在說的那棵懸鈴木，是種在戈里諾的廣場上，不過幾十年前的事而已。

樂手們解開電線插入電路板，其中一人爬到樹上。樂手和街頭小販一樣，尋找群眾，架設自己的攤子，表演，然後走人。差別在於，他們提供的東西不能被裝進袋子裡，它飄在空中。然而，為了要有表演的機會，儀器的精準度還是需要的，強度、音準和麥克風都需要仔細檢查。這個傍晚，這五個人慢吞吞地進行例行檢查，好像他們是被迫替其他人工作似的，也許是替那些他們無法仰賴的諸神。

從沒來過這麼遠的地方，歌手抱怨，我看，我們下一次演出地點，會是海上的竹筏！他左手的指關節都瘀青了，有些地方還破皮。他對著一支麥克風嘶唱，測試效果。

魚能聽見聲音嗎？吉他手問。吉他手戴著厚厚的眼鏡，他有近視。我不認為魚聽得見，他自問自答，接著在吉他上亂彈，一臉疑惑地看著正在操作混音器的駕駛。

「波河在哪裡波波波地匯入大海海海。」主唱哼著歌，調整了一下麥克風的高度。他昨晚才參加了一場格鬥。

「這是世界的盡頭。」貝斯手做了一段節奏，他是裡頭唯一穿了夾克的。這真是個鬼地方！主唱回頭對著他鬼叫。吉諾在這裡成家。我跟吉諾念書時就認識，為了他，就算他要我們去加德滿都我們也要去。這裡是在戈里諾，好嗎？

妮儂越過廣場朝五人走去。在這裡，沙子吹到柏油路上，而有些地方，青草從柏油裂隙裡爆長出來，不過她走向他們的姿態，彷彿是穿越自家宮殿鋪了瓷磚的庭院。那種從容自若，根本沒人敢說三道四。

謝謝你們，她說，今晚過來。

她把目光定在鼓手飛茲身上。他瘦到好像不小心就會被敲擊聲震走似的。想要把一組鼓打好，你得隨時聆聽寂靜，直到寂靜自己裂開成為節奏，直到每一段節奏能為意識所觸及。之所以如此，是因為時間不是一條河流，而是一連串停格。聆聽這樣的寂靜，常常會讓人的身體變瘦。

在其他人還來不及應答之前，鼓手拿起鼓棒在他的中音鼓上打了一段藍調節奏。

他的反拍像是小孩用他的小短腿在好幾條走廊上飛快跑著，這讓妮儂回想起當年的計畫，當她還是個小孩的時候，曾想要有棟房子，裡頭的每扇窗戶都能看到大海。急奏與那孩子的奔馳持續不停。

當他終於用一計響鈸收尾，連最後的回音也消失之後，他們再次聽到蟬聲炒熱教堂後方的茂密草叢，妮儂說：來看看你們的朋友吉諾，我的丈夫。

鼓手飛茲加了五個字：今晚的巨星……

吉諾和妮儂將會率先開舞。她將對他說，新娘要跳舞了，我的丈夫想要加入嗎？接著，他們會單獨為眾人而跳，讓大家欣賞和記憶。

很快，其他伴侶也會加入。音樂震天，把整座小村都帶到廣場上。侍者端酒給大家。費德里科在草地上弄了一個青蛙跳的遊戲區，給最小的孩子玩。太陽西沉，愈來愈多人在甲板上跳舞。甲板指的是架在堤岸前方廣場上的木板平台，好讓跳舞的地板是平的，木板則是從科馬基奧的魚市場借來的。只有當吉諾和妮儂沉醉在人群中時，音樂才逐漸靠近他們。

你對我做了什麼？她撫著他的臉耳語著，將他擁得更近。

奇特的是，樂聲行進的途徑也改變了。有時，音樂進入身體，在那裡定居下來。它不再只是穿過耳朵。當兩具身體跳舞時，這種情形可能瞬間發生。正在演奏的音樂被宛如錄音機的舞者聽到後，只需百萬分之一秒，音樂就能打進他們的身體。希望也隨著音樂一起進入身體。這一切，我都是在比雷埃夫斯學到的。

在戈里諾廣場的甲板上，跳舞的賓客在夜空下搖擺。飛茲已經在寂靜中找到迄今為止最快的脈動。

姿丹娜在信號員的雙臂中舞著，這個男人，因為酷似一部捷克電影裡的某個演員，她相信，他注定會成為她的朋友。無論尚把腳步移往何處，她都緊跟左右。吉他手往後傾身，以免吉他像隻巨嘴鳥一樣飛入夜空。

今晚，姿丹娜的手指不痛了。她的臀和肩對著尚的臀和肩訴說著仍未發生的一切。稍後，她將告訴他關於畫眉鳥的事，問他該不該把那兩個鳥哨送給妮儂。

音樂打進妮儂的血液，公然挑釁淋巴細胞、自然殺傷細胞和Beta-2等數值。音樂在我的雙膝裡獻給吉諾，她的身體說，音樂在我的肩胛骨下，穿越我的骨盆，在我的每顆白牙之間，到我的屁股，深入我的孔洞，在我跨下彎捲的黑色陰毛裡，在我的腋下，滑入我的食道，充塞我的雙肺，順著我的腸道而下，隨著我的憐憫而上，處處都有獻給吉諾的音樂，在我小小的指骨裡，在我的胰線裡，在我體內會殺人的病毒裡，在我們該死的不能做的一切事情裡，以及在我雙眼詢問的那些沒有答案的問題裡，都有音樂正在和你的身體一起演奏著，吉諾。

樂團停止，吉諾望著妮儂，他說：我們可以做到，不需要任何和幸福有關的字眼，我們可以嗎？

她猶豫了一下，然後深吻著他，幸福的眼淚在眶中打轉。

在永恆來臨之前，我們該怎什麼呢？

把握我們的時間。

脫鞋跳？

她把鞋子踢下甲板，捲起袖子，仔細把裙襬鋪好，坐了下來，雙手伸到裙子下面，解開她的白色蕾絲襪，把它們褪下雙腿。緊接著，沒有音樂伴奏，她在科馬基奧的漁婦們不知刷了多少次才讓它們平滑如桌的板子上，光腳起舞。彷佛某位騎士來了，把她載到馬背上帶走，一如那個禿頭男在開往威尼斯的長途巴士上所預言的。

瑪蕾拉和雷菈倒出更多氣泡酒。主唱拿起毛巾擦頭。吉他手伸出右手端詳，一抹鮮血從他撥弦的指頭流出。鼓手獨自沿著堤壩東側漫步。星星出來了。但丁說：在它無盡的深處，我看到愛將散落全宇宙的紙頁合訂為一冊。

妮儂找到父親，親吻他——彷彿和他一起而且只要和他單獨一起，她就可以再次當個小女孩。

爸爸，明天是我婚姻生活的第一天，你可以用摩托車載我去兜風嗎？

我已經買了一頂備用安全帽。

騎很快？

很快，只要妳想。

跟你在一起，我永遠不害怕。

更多村民來到甲板上。樂手再次演奏。一對對老婦人一起舞動，再次感受她們體內的音樂。

當音樂開始，所有的布祖基琴樂手都知道，伴隨著一聲狂嘯，感嘆著失落，那聲狂嘯變成一篇禱文，來自那篇禱文裡的希望啟動了音樂，永遠忘不了它的源頭，在那音樂裡，希望與失落比肩而行。

他們幹麼搞得那麼大聲？一名漁夫問，他穿著一件刷白背心，一隻老鷹刺在肩膀上。年輕的時候，我們都是跟著手風琴一起跳，那樣就夠了。他們全都會變成聾子，這些年輕人。我的天老爺，看看她是怎麼跳的！

他們彈得這麼大聲，他身旁坐在輪椅上的男人說，是想要把世界的喧囂擋在外頭。事情就是這樣。

什麼？漁夫追問。

你才真的是聾子！

你看她！

那位身障者把輪椅轉到老愛跟他唱反調的表兄弟面前。今天，他重複說，他們得要把世界的喧囂關掉！他們必需提高音量，才能把它擋在外頭。他把輪椅轉了回來，看著陶醉的舞者們。只有這樣，他們才能說出他們必須說的話。現在的喧囂，和我們年輕的時候不一樣了。我們不必把任何東西擋在外面，當時的世界很安靜，不是嗎？當年，這裡非常安靜。

我的天老爺，她肯定是新娘，是吧？

她沉醉在愛裡面！輪椅男說，就像突然要放聲高唱的那一刻，沉醉在愛裡，雷蒙多！

更像個婊子，妓女。

妮儂光腳起舞，雙手環住吉諾的腰，手指插在他的皮帶下。她的一頭小辮子跟著旋轉扭動，像在跟他倆玩耍似的。

其後，當她第一次遭受肺炎攻擊，她在家裡的床上，吉諾去市集擺攤了，她會跟上帝祈禱：世界是邪惡的，有誰看不出來呢？世界是邪惡的。而基督是救世主，她的靈魂將無聲地說，不是以前，不是未來，基督拯救的是當下。在一個比宇宙更大的空間，那空間由閉上眼睛的我們所有人組成，所有現在活著的人，所有曾經活過的人，所有未來將活的人，在最黑暗的洞裡，這些人充塞了一個比宇宙更大的空間，而基督在那裡死去並拯救。空氣顫動了我的全身，正在傷害它。天色還早，汽車才剛啟動。吉諾四點就會回到家。

鼓手坐在他的凳子上，以鼓捧敲打著一顆又一顆行星。賓客們將告訴彼此，他們從沒參加過這樣一場婚禮。妮儂舉起雙臂，把雙手插進吉諾的頭髮裡。兩人都踮起腳尖。

當她再也沒有力氣走路的時候，吉諾會把她放進和漁夫表哥一樣的輪椅上，費德里科會替她發明一種特製的桌子，焊接到輪椅的扶手上，讓她能在輪椅上吃飯。此刻，她摸著吉諾的臉頰，只為他一人舞動。像一隻蓄勢迎風的小鳥，她讓自己調整方向，然後一次一次又一次地轉回原點，同時用雙手在空氣撥彈節奏。

有天晚上她會說：我快死了。

我也是，吉諾將如此回答。

別像我那麼快。我的人生一無所成。

妳讓很多人幸福。

我想喝東西，吉諾。

柳橙汁？

不。吉諾！一整瓶酒。

樂團正在演奏《上禮拜五把禮拜一逼瘋》。妮儂在吉諾的雙臂裡。在緩緩增長的疼痛中，是千百年來無法壓抑的希望。

義大利的某個市集城鎮裡，一名母親推著嬰兒車朝肉舖走去，她的腿還沒曬黑。她停下腳步，跟瑪蕾拉打招呼，嬰兒車拉了篷蓋，還鑲了一圈她從新娘禮服上裁下來的白色蕾絲，以免太陽照到小貝比的眼睛，瑪蕾拉把頭探進嬰兒車裡，用嘛起的雙唇發出響聲，微笑說：他根本就是吉諾的翻版嘛，是吧？這永遠不可能發生的場景，在她結婚那天，出現在她跳舞的音樂裡。

當音樂讓時間暫停，永恆就存在於每次暫停的縫隙裡。

有一天，她會斜倚在醫院花園的連拱廊下，戴著櫻桃紅天鵝絨帽的朋友菲利波，會用那雙容易敏感的溫柔眼睛看著她說：最難過的，不是我們被判處死刑；最難過的，是我們怎麼會變得這麼老。我走路像個老人，我讓自己爬上樓梯的模樣像個老人，我抓著肚子的姿勢像個老人。如果妳閉上眼睛聽我說話，妮儂。妳會說，一個八十歲的笨老頭，講話結結巴巴的。才不過從春天走到秋天，我們就老了五十歲。這才是最難過的，這是我們那群疾病小軍團的傑作，他們個個冷血無情。在他們找上我們之前，他們只是穿制服的、幾乎無害的病痛正規軍。等他們找到我們，就會開始掠奪屠殺。菲利波會看著她，雙手顫抖，眼神溫柔。他們不會攻擊我們，他們恨我們，妮儂。這些愛滋病患，無法防禦自己，那些疾病正規軍告訴彼此，這些人是狗屎。然後菲利波會把他的櫻桃紅帽子拿下來，用一個比以往更溫文爾雅的角度，重新戴回頭上。所以我們才會老得這麼快。至於其他，親愛的，別擔心，不會有問題。對其他人而言，菲利波將會悲傷的說，我們是純潔之光。

妮儂的正面，從臉頰到腳趾，觸貼著吉諾，是她移動他的雙腳，她的雙臂直垂而下。

她會試著梳頭，每天早上她會要求戴上手錶，她會注射嗎啡點滴，等到她的眼睛閉上，她的皮膚將感受到他的手輕輕將恐懼撫走，而他的手將感受到溫暖，那溫暖將一直留存，一如吻遍她愛人身骨的一個吻。她的體重將只剩下十七公斤，而她的雙眼，以及凹陷的黑眼窩裡的長長睫毛，將會凝望著他的雙眼。

經過一連串聲瀑，當一切減緩下來之後，昨晚參加了一場格鬥的主唱嘶喊出：「把禮拜一逼瘋」。

讓我們變成鰻魚，吉諾，我們可以像鰻魚那樣跳舞！從這顆大石頭跳到那顆大石頭，把我放到田裡，順著河岸，一路用滑板滑到火車站的階梯，我們的朋友在那裡罷工，我們躍上廂型車，全速開進床裡，窩在市集後面的咖啡館裡、爬上金字塔、在我甜蜜的懷裡纏扭、在那輛載了死去士兵來參加我們婚禮的火車下面輕快搖擺，沿著不想認識我們的辦公室走廊一路狂奔，越過我的嘴巴，在水與天空間飛行，那嘴曾說了我願意，我願意帶著這個男人跟我一起跳舞，蹲下來讓我們的大腿變成一階梯子，踩在上面你就能搆到我們廚房的燈，把燈泡換好，跳到我們的客人全走了，再做一次跳舞的鰻魚，直到永遠，吉諾。

她將再也無法說話，他得用注射器才能把幾滴水滴入她乾渴的嘴。她將再也沒氣力移動任何東西，除了那雙詢問他的眼睛，以及想要碰觸那幾滴水的舌尖。他將躺在她旁邊。然後某天下午，她會找到力量舉起一隻手臂，讓手懸在空中，他會把她的手握進手裡。烏龜戒指就戴在她的無名指上。他倆的手停在空中。烏龜正往外游，離開。他的雙眼將跟隨著她直到永遠。

樂手正在收拾。一、兩對賓客依然隨著腦海裡未退的音樂舞動。妮儂站在吉諾身旁。就在剛剛，他讓她緊靠在胸膛上，他勃起了。她的結婚禮服沾了泥土，如同會戰後的旗幟。她的皮膚閃爍，雙腳烏黑。她甩甩頭，彷彿要甩開頭髮上的水珠。她的三十根小辮子瘋成一團。她停下來。它們不再瘋轉，只剩顫動。她說，現在，是你解開其中一根的時候了……

◆

鑄了一顆錫心的祈願牌是不夠的。打從信號員說出「全身上下」那一刻起，我就感到不安，而且我知道，或說我以為我知道，那是什麼意思。還需要另一塊祈願牌，這次不是用錫做的，而是用聲音。這給你。祈禱時，把它放在蠟燭旁邊……

作家年表

一九二六年　十一月五日出生於倫敦一個中產階級家庭。父親ＳＪＤ伯格（S. J. D. Berger）曾於第一次世界大戰西線中擔任步兵軍官。母親為米蘭．布蘭森（Miriam Branson）。少年時期進入牛津聖愛德華學院（St Edward's School）就讀。

一九四三年　獲得獎學金，進入倫敦中央藝術學院（Central School of Art）就讀，隨即因從軍而中斷課業。

一九四四年　於第二次世界大戰期間入伍，加入牛津郡和白金漢郡輕步兵。

一九四六年　退役後，進入切爾西藝術學院（Chelsea School of Art）繼續學業。開始於懷登斯坦（Wildenstein）、瑞德弗尼（Redfern）、萊斯特（Leicester）等畫廊展出畫作。

一九四八年　開始教授繪畫。

一九四九年	與第一任妻子派翠西亞・瑪麗特（Patricia Marriott）結婚。兩人於一九五〇年代離異。伯格後與安雅・波斯托克（Anya Bostock）結婚。
一九五二年	開始於《新政治家》雜誌（*New Statesman*）撰寫藝術評論，其思想與風格使他成為極具爭議性的評論家。
一九五八年	出版小說《我們時代的畫家》（*A Painter of Our Time*），以一位虛構的匈牙利畫家為主角。作品中對政治議題的尖銳刺探，與創作過程的細節描寫，引發爭議討論。出版後一個月，在文化自由大會（Congress for Cultural Freedom）的壓力之下，出版商 Secker & Warburg 緊急回收本書。
一九六〇年	出版評論文集《永固紅》（*Permanent Red: Essays in Seeing*）。
一九六二年	出版《趨近真實》（*Toward Reality*）、小說《克里夫的腳》（*The Foot of Clive*）。 長女凱蒂雅・伯格（Katya Berger）出生於英國倫敦。
一九六三年	次子雅各・伯格（Jacob Berger）出生於英國格魯斯特郡。
一九六四年	出版小說《寇克的自由》（*Corker's Freedom*）。

一九六五年　出版藝術評論集《畢卡索的成與敗》（*Success and Failure of Picasso*）。

一九六七年　與瑞士攝影師尚・摩爾（Jean Mohr）合著出版《幸運的人：一個鄉村醫生的故事》（*A Fortunate Man: The Story of a Country Doctor*）。

一九六八年　出版《立體主義的時刻》（*The Moment of Cubism*）、《藝術與革命：談恩斯特・內茲維努伊與蘇聯藝術家的意義》（*Art and Revolution: Ernst Neizvestny, Endurance, and the Role of the Artist in the USSR*）

一九七一年　與瑞士導演阿蘭・鄧內（Alain Tanner）合作撰寫《沙羅曼蛇》（*La Salamandre*）電影劇本。

一九七二年　BBC電視台播出其系列影片《觀看的方式》（*Ways of Seeing*），同年出版同名藝術評論集《觀看的方式》（麥田出版）。

出版小說《G》（*G*）、《凝望事物》（*The Look of Things*）。

以《G》獲一九七二年布克獎、布萊克紀念文學獎，並在獲獎後，將半數獎金捐贈給黑人民權運動組織英國「黑豹黨」，其餘獎金投入歐洲移住工人研究計畫。

	與第三任妻子比佛莉・班克勞馥（Beverly Bancroft）相識，兩人於一九七〇年代結婚。
一九七四年	與阿蘭・鄧內（Alain Tanner）合作撰寫《世界的中心》（*The Middle of the World*）電影劇本。
一九七五年	與尚・摩爾合著出版《第七人：歐洲移住工人的故事》（*A Seventh Man: Migrant Workers in Europe*）。因為寫作本書，開始定居法國上薩瓦省靠近邊境阿爾卑斯山的小村莊昆西（Quincy）。
一九七六年	么子伊夫・伯格（Yves Berger）出生於法國上薩瓦省的昆西村。
一九七九年	出版小說《豬之大地》（*Pig Earth*），為工人三部曲（Into Their Labours）之第一部。
一九八〇年	出版《談觀看》（*About Looking*）。
一九八二年	與尚・摩爾合著出版《另一種影像敘事》（*Another Way of Telling*）（臉譜出版）。
一九八三年	出版小說集《波里斯》（*Boris*）。與阿蘭・鄧內（Alain Tanner）合作《二〇〇〇年約拿即將二十五歲》（*Jonah who will be 25 in the year 2000*）電影劇本。

一九八四年	出版《我們的臉與我的心，短暫如照片》（*And Our Faces, My Heart, Brief as Photos*）。
一九八五年	出版《觀看的視界》（*The Sense of Sight*）（麥田出版）。
一九八七年	出版工人三部曲第二部小說《歐洲往事》（*Once in Europa*）。與妮拉・貝爾斯基（**Nella Bielski**）合著出版《有關地理的問題》（*A Question of Geography*）。
一九八九年	與妮拉・貝爾斯基合著出版《哥雅最後的肖像》（*Goya's Last Portrait*）。
一九九〇年	出版工人三部曲第三部小說《丁香與旗》（*Lilac and Flag*）。
一九九一年	出版評論集《不時會晤》（*Keeping a Rendezvous*）。
一九九四年	出版《傷痕之頁》（*Pages of the Wound*）。
一九九五年	出版小說《婚禮之途》（*To the Wedding*）。
一九九六年	出版短篇小說集《複印》（*Photocopies*）。與從事寫作與影評的女兒凱蒂雅・伯格合著對談文集《提香：少女與牧羊人》（*Titian: Nymph and Shepherd*）。
一九九八年	與妮拉・貝爾斯基合著出版《伊莎貝爾》（*Isabelle: A Story in Shorts*）。

一九九九年　與尚・摩爾合著出版《世界的邊緣》（*At the Edge of the World*）。出版《國王：一個街頭故事》（*King: A Street Story*）。

二〇〇一年　出版《另類的出口》（*The Shape of a Pocket*）（麥田出版）。與約翰・克里斯提（John Christie）合著出版《將鎘紅色寄給你》（*I Send You This Cadmium Red: A Correspondence with John Christie*）。

二〇〇四年　與馬克・崔維耶（Marc Trivier）合著出版《我最美麗的》（*My Beautiful*）。

二〇〇五年　出版《約翰・伯格談繪畫》（*Berger on Drawing*）、《我們在此相遇》（*Here is Where We Meet*）（麥田出版）。

二〇〇七年　出版《留住一切親愛的：生存・反抗・欲望與愛的限時信》（*Hold Everything Dear*）（麥田出版）。

二〇〇八年　出版《A致X：給獄中情人的溫柔書簡》（*From A to X*）（麥田出版）、《同時》（*Meanwhile*）。
以《A致X：給獄中情人的溫柔書簡》入圍二〇〇八年布克獎。獲得Golden Pen終身成就文學獎。

二〇〇九年	出版《為什麼凝視動物?》（*Why Look at Animals?*）。與伊莎貝爾．柯瑟特（Isabel Coixet）合著出版《I致J》（*From I to J*）。
二〇一〇年	與凱蒂雅．伯格合著出版《躺下入眠》（*Lying Down to Sleep*）。
二〇一一年	與安．麥可（Anne Michaels）合著出版《鐵軌》（*Railtracks*）。出版《班托的素描簿》（*Bento's Sketchbook*）（麥田出版）。
二〇一二年	出版《白內障》（*Cataract*）、與從事藝術工作的兒子伊夫．伯格合著《湯杓與詩》（*La louche et autres poèmes*）。
二〇一三年	出版《理解攝影》（*Understanding a Photograph*），由傑夫．戴爾（Geoff Dyer）編選、撰寫導讀。
二〇一七年	一月二日逝於法國，享耆九十歲。

litterateur 08

婚禮之途

在生命流動中見證永恆的小說

To the Wedding

•原著書名：To the Wedding•作者：約翰．伯格（John Berger）•翻譯：吳莉君•封面設計：聶永真•校對：呂佳真•責任編輯：李培瑜•國際版權：吳玲緯•行銷：蘇莞婷、何維民、吳宇軒•業務：李再星、陳紫晴、陳美燕、葉晉源•副總編輯：巫維珍•編輯總監：劉麗真•總經理：陳逸瑛•發行人：凃玉雲•出版社：麥田出版／城邦文化事業股份有限公司／10483台北市中山區民生東路二段141號5樓／電話：(02) 25007696／傳真：(02) 25001966、發行：英屬蓋曼群島商家庭傳媒股份有限公司城邦分公司／台北市中山區民生東路二段141號11樓／書虫客戶服務專線：(02) 25007718；25007719／24小時傳真服務：(02) 25001990；25001991／讀者服務信箱：service@readingclub.com.tw／劃撥帳號：19863813／戶名：書虫股份有限公司•香港發行所：城邦（香港）出版集團有限公司／香港灣仔駱克道193號東超商業中心1樓／電話：(852) 25086231／傳真：(852) 25789337•馬新發行所／城邦（馬新）出版集團【Cite(M) Sdn. Bhd.】／41-3, Jalan Radin Anum, Bandar Baru Sri Petaling, 57000 Kuala Lumpur, Malaysia.／電話：+603-9056-3833／傳真：+603-9057-6622／讀者服務信箱：services@cite.my•印刷：前進彩藝有限公司•2020年12月初版•定價380元

國家圖書館出版品預行編目資料

婚禮之途：在生命流動中見證永恆的小說／約翰．伯格（John Berger）著；吳莉君譯. -- 初版. -- 臺北市：麥田, 城邦文化出版：家庭傳媒城邦分公司發行, 2020.12

面；　公分

譯自：*To the wedding*

ISBN 978-986-344-841-9（平裝）

873.57　　109015922

城邦讀書花園
www.cite.com.tw

TO THE WEDDING by John Berger
Copyright © John Berger, 1995
Published by arrangement with Agencia Literaria Carmen Balcells, S.A.
through Bardon-Chinese Media Agency
Complex Chinese translation copyright © 2020
by Rye Field Publications, a division of Cite Publishing Ltd.
ALL RIGHTS RESERVED.